외출

강금숙 수필집

외출

선우미디어

작가의 말

　시간은 스치며 오갔고 머물다간 떠나갔다. 젊음이 지나간 자리, 마음에 파장을 일으키고 간 존재들과의 교감, 기쁨과 슬픔이 가라앉은 자리에는 여운처럼 남는 게 있었다. 거기에 새겨진 다양한 무늬들이 내 수필인지도 모른다.

　무심코 지나치던 일상의 느낌에서 이야깃거리를 찾았고, 그 이야기들이 10년 넘게 여러 편의 수필로 발표되었지만 아직도 미숙함을 떨치지 못한다. 그러나 무엇이 내 삶을 지탱하는 근원적인 힘인가를 알기 위해 쓰고 또 썼다. 이제 기억하는 속도보다 잊혀지는 속도가 빨라지는 요즘, 붙잡고 있다고 달라질 게 없다는 생각에 부족한 대로 조심스럽게 용기를 냈다.

　『하늘을 보면 눈이 시리다』 5인 에세이집 이후 첫번째 수필집이다. 50편 남짓한 글이지만 거기에는 칠십 년 내 삶의 모습이 모두 들어 있다. 생활 반경과 경험이 제한되어 있는 까닭에 내 글의 소재는 대부분 가족과 이웃의 범주를 크게 넘지 못한다. 그러나 늦깎이로 시작한 글쓰기, 만약에 못한다고 포기했다면 지금쯤 내가 할 수 있는 일은 과연 무엇이었을까. 도전조차 하지 않은 삶보다는 부끄러운 대로 행복하다.

수필의 작은 텃밭을 일구도록 이끌어주시고 서문을 써주신 선생님께 감사를 드린다. 그리고 문단의 여러 선생님들과 문우들, 항상 글을 쓸 수 있도록 배려해준 남편에게 고마움을 전하며, 수필을 아끼는 사람들과 사랑하는 가족에게 이 책을 선물로 드린다.

모자란 부분은 애정으로 덮어주시고 이 한 권을 통해 미흡하게나마 삶의 향기를 느낄 수 있다면 더없이 기쁘겠다.

2006년 늦은 봄날에

강 금 숙

강금숙 수필집

외출

1. 날마다 좋은 날

2. 꽃 피는 봄이 오면

3. 그 꿈은 환상이었다

4. 아름다운 이별

5. 지금 제 기분 모르실 거예요

1.

날마다 좋은 날

흔적만 남기고

반달이가 현관 밖으로 나갔다. 역광으로 스며드는 아침 햇살에 손때로 길이 들어 반들반들한 '쑹쑹이 반달이'가 세월의 그림자를 내비친다.

쑹쑹이란 장에 부착된 철물 장식이 숭숭 뚫렸다고 해서 붙여진 평안도 반달이의 이름이다. 이름난 장인이 만든 정교한 가구는 아니지만, 그곳 기후나 풍토의 특성을 살려 소나무로 만들어진 투박하면서도 나름대로 멋을 지닌 가구이다. 평소보다 빛나는 윤기가 왠지 내게 보내는 마지막 인사같이 느껴진다. 한동안 외진 방구석에서 쓸모없어진 이불 홑청이나 묵은 커튼 등을 넣어두고는 며칠씩 눈길도 주지 않은 가구였는데 갑자기 멀리 떠나는 피붙이인 양 눈물이 핑 돈다.

얼마 전, 딸이 예전에 내가 쓰던 머릿장을 수리해서 들여놓았다. 단독주택을 헐고 지금의 빌라를 짓게 되면서 방치해 두었던 것을 친정어머니께서 가져다 놓으셨던 장이다. 세월의 무게를 이기지 못해 문짝은 덜렁거리고 백동(白銅) 장식마저 여러 개가 떨어져 볼품도 없어진데다가 요즘은 고가구에 대한 관심도 전 같지 않은데, 딸아이는 그것을 수리하겠다고 고집했다. 고치는 사람이 아무리 전통공예 기능공이라고는 하지만 수리비도 만만치 않을 것 같아 걱정을 했는데, 두어 달 후 장은 완벽하게 본래의 모습으로 고쳐져 돌아왔다. 현대식 가구뿐인 거실 한 모퉁이에 자리잡은 머릿장은 기품이 있었고, 다른 가구와도 잘 어울려 수리를 잘했다고 모두들 칭찬을 했었다.

그때 큰며느리가 말했다. "내가 가져올 걸 그랬나봐, 아가씨." 농담으로 하는 말이었지만 진담도 섞인 눈치였다. 요즘 큰며느리는 그 나이 때의 나처럼 가구를 자주 옮기며 소품도 사고, 인테리어에 관심이 많은 터였다. 며느리도 시어미를 닮는 모양이다.

"너도 고가구를 놓고 싶으면 쑹쑹이 반닫이를 가지고 가렴" 하고 말을 하고는 오늘에야 옮기게 된 것이다. 그런데 왜 갑자기 눈물이 핑 돈 것일까. 장에 대한 애착은 분명히 아닐 터인데, 이제 모든 것을 버려야 하는 나이로 접어든 내 자신에 대한 연민 때문이었을까. 실내 분위기를 새롭게 바꾼다고 자주 옮기던 가구와 소품이 붙박이가 된 채 꼼짝하지 않고 있어도 나와는 상관없는 일처럼 바라보게 된 서글픔 때문이었을까.

지금의 큰며느리와 비슷한 나이에 평생을 산다고 두번째 집을 지었었다. 현대식 건물에 넓은 정원을 가진 주택이었다. 침실을 이층에 두고 거실 옆으로 한식 방을 꾸몄다. 완자 창문 밖으로는 툇마루를 깔고, 낮은 벽돌담에는 기와를 얹어 한식 정원도 만들었다. 딸이 수리해다 놓은 머릿장 위에는 태천감사를 지내신 외증조 할아버지의 흉배가 걸렸고, 오늘 떠난 '쌍쌍이 반닫이' 위에 놓여 있던 백자에는 언제나 제철 꽃들이 꽂혀 있었다. 뒤뜰에서 진달래와 앵두꽃이 피고나면 앞 정원에서는 철쭉이 무리지어 피고 졌다.

그렇게 평생을 살겠다고 정성을 들여 지은 집도, 그 안에서 행복해 하던 내 젊은 날의 모습도, 따뜻한 기억만 남겨둔 채 모두 떠나갔다. 빌라 뒤편엔 아직도 기와를 인 낮은 벽돌담이 그대로 있지만 훌쩍 커버린 나무뿐, 그 옛날 한식방과 어울려 빚어내던 정취는 흔적도 없다. 때가 되면 초목은 다시 잎을 틔우고, 가구는 새 주인을 만나 떠나가지만, 시간은 흔적만 남긴 채 되돌아가지도 머물지도 않는다.

반닫이를 실려 보내고 들어서는 남편의 어깨가 오늘따라 기운 없어 보인다. 당당하던 모습은 간 곳이 없고 타인처럼 낯선 표정이다. 세월의 흔적은 여기저기에 찍혀지게 마련인가 보다.

며느리에게 전화를 했다. 자물쇠는 반닫이 작은 서랍 안에 있노라고…. 그런데 왠지 섭섭한 마음이 들더라고 했더니, "인제 같이 사시면서 매일 보실 텐데요" 한다. 늘 그렇게 말하는 며느리가 고맙기는 해도 아직은 이대로가 좋다.

하긴, 젊은이와 아이들이 없는 집은 일찍 어둠이 찾아들고, 그 어둠은 집안을 적막하게 가라앉힌다. 그래서 아이들과 함께 하는 와자지껄한 주말이 활기차고 행복하지만, 한 주일을 떨어졌다 만나는 반가움으로 더욱 그러할 것이다.

조금은 쓸쓸하고 식탁 위에 약 봉지는 늘어가도, 그림 몇 점만 걸린 휑한 공간에서 함께 공유한 흔적을 정리하며 남은 삶을 향유하고 싶은 것은 지나친 욕심일까.

낮이라기엔 조금 어둡고 밤이라기엔 이른 시간, 어슴푸레한 정적을 깨며 초침은 쉼없이 앞으로만 밀려간다. 이 한가로운 여유가 아직은 좋다.

(2005.)

시크릿 거든이 연주한 「마지막 선물」

아일랜드의 세계적인 연주자 시크릿 거든(Secret Garden)의 현악 라이브 공연장이다. 오늘 공연은 우리 가족에겐 특별한 날이다. 셋째아들이 작곡한 영화 「선물」의 테마곡인 「마지막 선물(Last Present)」이 오늘 공연에서 이벤트로 연주된다고 한다. 온종일 안절부절못하며 일손이 잡히지 않았다.

오래 전에 이런 날을 예견한 것일까. 아들의 음악에 대한 열정은 남달랐다. 초등학교 때 바이올린을 가르친 것은 취미로 한 가지 악기를 다루게 하려는 의도였는데, 중고등학교를 거쳐 순수학문을 전공하면서도 그의 음악 사랑은 지칠 줄 몰랐다. 고전과 재즈에 심취했고, 바이올린은 물론 클래식 기타와 피아노를 즐기며, 대학생활은 그룹사운드 활동으로 늘 바빴었다. 그런 그에게 전공은 뒷전이라고 나무라던 기억이 오늘따라 새삼스럽다.

3월이라고는 하나 스산한 날씨에 눈까지 내려 봄은 아직 멀게만 느껴졌는데, 예술의 전당 콘서트홀은 이미 봄이 한창이었다. 음악 애호가들로 초만원을 이룬 장래는 숙연하고, 우레와 같은 박수 소리는 가히 세계적인 연주자임을 증명하고 있었다.

'비밀의 정원'이라는 이름이 은유(隱喩)하듯 사랑과 슬픔의 감정을 순수하고 아름다운 멜로디로 채색한다. 신비하고 목가적인 자국의 유산을 대중화한 그들의 음악은 언제 들어도 평화로운 영감이 고스란히 녹아 있다. TV만 틀면 자주 대하게 되는 원색적이고 직설적인 동작에 우리말인지 외국어인지 모를 빠른 템포의 랩이 대중음악의 판도를 좌우하고 있는 요즈음 풍토에, 마치 담쟁이 덩굴로 덮인 고풍스런 한 저택의 정원을 거닐 듯 로맨틱한 감흥을 안겨준다. 바이올린, 피아노, 휘슬, 오보에의 서로 다른 음색이 절묘하게 어우러지는 조화 속에 '피오눌라 세리'는 달빛 아래 요정인가, 피오르드의 대자연 속에서 고전과 현대를 넘나들며 천상의 소리로 음악에 대한 갈증을 한껏 풀어주고 있다.

지난 해 여름, 셋째아들이 「선물」이란 영화의 음악을 맡고 한 부분에 그들의 곡을 삽입할까 생각하다가 곡을 만들었다고 들었다. 작곡을 마친 후 우선 마감 전(Pre-Recording) 음반을 보냈더니 그들의 정서에 맞았는지 흔쾌히 연주 제의를 했다는 것이었다. 그리고 바로 지난 2월 아일랜드의 더블린에 가서 녹음을 마쳤다고 했다. 자신의 곡만을 고수하던 그들에게는 놀라운 변화였으며, 아들은 그 일로 여러 일간지와 TV로 소개가 되기도 했지만, 막상 곡을 만들고 작업이 막바지에 이르렀을 때에 그는 거의 녹초가 되어 있었다. 대장정을 끝낸 마음이 왜 이토록 차갑고 쓸쓸한지, 음악을 통해 진짜 얻고자 하는 게 무엇인지 한없이 헷갈린다고도 했다. 철학을 강의하는 그가 음악이 좋아서 스스로 택한 길이긴 하지만 한동안 그의 지친 표정을 대할 때는 그저 안쓰러울 뿐이었다. 이 곡이 전세계에 발매되는 그들의 4집 앨범에 수록되어 공식적인 로열티를 받게 된다는 소식에도 기쁨보다 긴긴 밤샘 작업으로 건강을 해치지나 않았을까, 자신을 송두리째 불살랐던 열정만큼이나 만족할 만한 곡이 될 수 있을까, 두렵고 걱정스럽기만 했다.

연주가 후반으로 접어들면서부터는 점점 평정을 잃어갔다. 빠르게 뛰는 맥박 소리가 고요한 정적을 깰 것만 같아 초조한 가운데 그들의 거의 마지막 부분에 연주하는 「돈 어브 어 뉴 센츄리(Dawn of a New Century)」가 연주된다. 새로운 세기를 맞이하는 희망찬 분위기가 탐미적이고 명상적이다. 지난번 노르웨이에서 우리나라 대통령이 노벨 평화상을 받을 때 연주했던 곡이다. 뛰어난 화음과 완벽한 연주를 자랑하기에 미국 빌보드 차트에 100주 이상을 석권하였으며, 한국에서도 IMF 이후 얼어붙은 음반 시장에 재즈와 팝 부문에서 최다 음반 판매량을 기록한 것이 아닐까. 한 분야에서 이렇게 장인으로 군림하기까지 얼마나 많은 시간과 노력을 투자하고 고통을 감내한 결과인지 감동을 넘어 존경심마저 든다.

조용한 장래에 코리아라는 소개와 함께 아들의 이름을 들었다. 온몸이 경직되고 얼굴은 달아올랐다. 불빛이 어두운 것이 천만다행이었다. 처음에는 흥분해서 잘 듣지도 못했지만 차츰 안정이 되어가며 바이올린의 선율이 슬픔을 잔잔한 여운으로 녹여가며 폐부 깊숙이 스며드는 것 같았다.

장래가 떠나갈 듯한 박수에도 무대에 선 아들의 지치고 왜소한 모습이 안쓰럽다. 당당한 체구라면 이렇지는 않았을 것이다. 집에 들어가는 날보다 사무실 소파에서 수없이 밤을 새우며 가족과 식사 한 번 제대로 못하고 전공도 아닌 분야에서 초를 다투며 피를 말리게 했던 작업, 그 어떤 것 하나도 도움을 주지 못한 채 사서 고생을 한다고 질책했던 지난 시간이 미안하기만 했다.

지금 아들의 심경은 어떠할까, 그에게 있어 음악은 과연 어떤 것일까. 두 가지 중 어느 한쪽도 포기하지 못하여 주체할 수 없이 흐르는 땀과 고통도 자신의 삶에 대한 궁극적인 것을 찾기 위한 치열한 여정이 아닐까. 산의 정상에 서면 그 과정이 주던 고통은 깨끗이 잊고 다음 등정을 생각하듯 그는 또 다른 작곡에 몰두하며 강의 시간을 맞추겠지. 이제는 알 것 같다. 그의 이성과 감성의 조합이 철학과 음악을 한 우물로 만들어 가고 있다는 것을.

가슴이 따뜻한 사람들의 영원한 모티브인 음악, 귀나 눈으로가 아닌 오직 가슴으로만 들을 수 있는 음악이 간절해지는 계절에, 음악적 정체성이 강한 유럽 특유의 서정(抒情)이 베틀을 짜듯 아름다운 하모니를 이루면서 동양의 정서를 신비한 음색으로 연주하였다. 그 티 없이 맑고 청정한 순간으로 몰입시켰던 두 시간 반의 흥분과 감동, 그 잔잔한 울림의 여운이 우면산의 긴 겨울을 깨우고 있었다.

(2001.)

난지도

마포구 상암동에 위치한 거대하고도 밋밋한 두 개의 산, 계곡도 바위도 없이 광활하기만 한 봉우리 없는 산이다. 행주산성과 성산대교 사이에 편안히 누워있는 일천만 서울 시민이 만들어 낸 공동 작품이다.

수없이 봄이 가고 가을이 오가더니 황폐했던 난지도는 푸른 빛으로 변해가고, 매립장 제방 사면에 이름 모를 들꽃이 피어났다. 바람에 실려온 것인지, 썩기를 거부하고 몸부림치다 싹이 텄는지 제법 싱그러운 초록의 나부낌이 살랑거린다. 그러나 가까이 시선을 돌리면 세월 지나도 썩을 줄 모르는 비닐 같은 문명의 공해 물질이 모여 종기 자국같이 남아 있다. 그 옛날 기계충을 앓아 빠져 나간 머리처럼 보기 흉하게….

마포구의 4분지 1, 여의도보다 넓은 90만 평이나 되는 이곳, 맑은 샛강을 띠처럼 두르고 난꽃과 갈대로 어우러졌던 기억 속에 난지도는 흘러간 역사 속에 묻혀버린 머나먼 이름이었다. 언제부터인가 쓰레기의 천국이 되고 있었다.

지난 1970년부터 우리나라는 공업 입국으로 발돋움하면서 급진적으로 산업 근대화가 이루어지고, 팽창 일로에 있는 도시 공간의 확장과 비례해서 쏟아지는 생활 쓰레기는 새로운 과제로 등장했다.

버릴 것 없이, 먹고 살기에 바쁜 궁핍의 삶을 살아온 우리 세대엔, 환경 오염이나 쓰레기의 심각성은 서구 문명에만 존재하는 줄 알았는데, 인간이 넉넉하게 먹을 수 있게 되면서부터 먹는 것보다 더 많은 쓰레기를 만들어 내기 시작했고, 의식 구조가 점차 진보됨에 따라 악성의 쓰레기는 넘치도록 생겨났다. 먹고 마셔대는 빈 깡통이나 병들이 산처럼 쌓여 가면서 난지도는 심한 몸살을 더해갔다.

수거차의 행렬은 매일 새벽 4시부터 다음날 새벽 1시까지 황사의 바람 속에 이어졌다. 서울 전역에 밀집해 살고 있는 열일곱 개 구청의 쓰레기는 끊일 사이 없이 옮겨졌고, 순식간에 하늘과 땅, 강과 산 어디를 둘러봐도 쓰레기뿐이었다. 맑은 샛강은 오염되기 시작했고, 악취와 파리 떼는 마포구 일대 주민의 골칫거리가 되기에 이르렀다. 여름이면 펄펄 끓는 태양열로 숨가쁘게 썩어가며 서로 부딪힌 자리에선 메탄가스가 생겨

연기를 뿜어 댔다.

하루 수천 대의 쓰레기 차가 몇 년을 쏟아 붓더니 난지도는 쓰레기로 높은 산을 이루고, 섬 전체는 악취로 뒤흔들리며 아우성치기 시작했다. 그 속에서 생계를 유지하던 7백 여 가구의 가족도 이곳을 떠나야 했고, 더 이상 쓰레기를 수용할 수 없는 난지도에 1983년, 굵은 쇠사슬이 쳐지고 마침내 황사의 행렬은 끊어졌다.

일천만 서울 시민이 만들어 내는 찌꺼기들이, 숱한 애환과 눈물을 함께 하고 묻히면서 난지도는 서서히 자연으로 돌아갔다.

언제부터인가, 풀들이 쓰레기를 밀어 제치며 기를 쓰고 일어났다. 하늘을 향해 꼿꼿이 머리를 들고 전날의 상처를 감추고 있었다. 상암동 건너편 성산동 일대는 아파트 단지가 형성되고, 주위는 새로운 주거 환경으로 바뀌어 갔다. 하지만 오랜 동안의 악취로 인해 여전히 외면을 당하고 있었다. 시청이 20분 거리에 있고, 상권의 중심인 신촌과 3개의 유명대학이 10분 거리에 있는 편리한 입지적인 조건에도 오랜 인식을 바꾸기는 쉽지 않았다. 금단의 구역처럼 격리되고 소외당하더니 이제는 매물이 없을 만큼 인기가 높아졌다고 한다.

쓰레기 산은 악취를 묻고 자연으로 돌아가고 인간은 과거를 잊고 새롭게 출발한다. 인류의 역사도 이렇게 변천했는가 보다. 나 또한 서교동을 떠나지 않기를 얼마나 잘했는가.

강 건너 가양동과 방화동 아파트 단지의 불빛이 낯선 이국의 도시인 양 황홀하고, 수많은 별들이 강물 속에 쏟아진 듯 반짝인다. 시원한 6차선 자유로의 간격 맞춘 가로등이 켜지고, 통일전망대를 향해 달리다 보면 일산 신도시로 가는 인터체인지와 만나게 된다. 멀리 보이는 아파트의 군상이 미국에서 프리웨이를 지나다 맞게 되는 어느 도시의 다운타운 같은 착각에 빠진다. 도시권이 팽창하면서 서울은 한없이 넓어져가고, 난지도는 서울의 심장부가 되어간다.

지난 날 수천 수만 대의 트럭이 드나들며 다져진 이곳에는 서너 개의 넓은 길이 있다. 고향 가는 길목처럼 시원스럽다. 어린 시절 읽었던 신지식 씨의 「하얀 길」이 생각나 그 언덕을 오르고 싶은 충동이 인다. 누가 심었는지 모를 키가 큰 해바라기도 줄지어 피어 있다.

서울 시민을 위한 공원이 조성된다느니, 퍼블릭 골프 코스가 생긴다느니 무성한 소문 속에서 난지도는 조용히 변신을 꿈꾸고 있다. 새벽녘에 눈을 뜨면 정원의 꽃향기를 밀어내고 생선 썩은 냄새로 마포구 주민들을 시달리게 하던 난지도의 악취도 먼 기억 속으로 사라져 갈 것이다.

맑은 한강을 굽어보며 우람하게 세워질 새로운 생활 공간을 기다린다. 꽃과 나무가 있고 새와 나비들이 춤추는 행복한 미래의 땅에 다시 한 번 우리의 모습을 투영해 보고 싶다. 쓰레기도 자원이 될 수 있을 뿐 아니라, 불모의 땅마저 생명의 끝이 아닌 시작이며 희망이라 믿으며.

견디기 힘들던 여름도 제철을 살고 나더니 떠날 때는 미련 없이 훌훌 떠나간다. 올 것 같지 않던 가을도 문턱에 있다. 난지도에 내리는 가을 햇살이 지고 어둠이 쌓인다. 화려한 부활을 기다리는 용트림처럼 가을 바람이 난지도를 한바탕 흔들고 지나간다.

(1994.)

남편과 아들

수없이 터지는 폭죽의 자욱한 연기 속에도 빨간 현수막의 금박 활자가 눈부시다. 스피커에서는 행진곡이 울리고 행사 요원들은 하객의 가슴에 꽃을 다느라 분주하다. "우—당 탕 탕" 하는 요란한 폭발음은 하늘에 멋진 무늬를 그려가며 소낙비처럼 은빛 가루를 쏟아 놓는다.

이곳은 중국 산동성(山東省)에 위치한 연태(煙台), 큰아들이 설립한 합자회사의 준공식 날이다. 오늘 그 공장의 준공식을 그네들의 고유한 풍습대로 치르고 있는 것이다. 중국측의 축사와 시장의 치사 뒤에 아들의 축사가 있었다. 최대를 꿈꾸지 말고 최고가 되라는 중국 속담을 인용하면서, 자신의 목표는 최대의 기업이 아니라 믿고 신뢰할 수 있는 최고의 기업을 꿈꾼다는 요지의 축사가 조선족에 의해 통역이 되었다. 감색 양

복에 단 빨간 코사지의 빛깔이 아들의 강한 의지를 더욱 선명하게 돋보여 준다.

콧등이 시큰해지며 눈시울이 뜨거워진다. 얼른 손등으로 눈가를 훔치다 바라본 남편 또한 감회가 깊은 듯 말이 없다. 언제 아들이 저렇게 어른이 되었단 말인가. 그의 나이가 마흔이 넘었지만 가정이라는 울타리 안에서는 그저 아들과 어미의 관계로만 보아왔을 뿐이다. 형제들 사이에서는 든든한 형으로, 집에서는 성실한 가장으로 인정은 하고 있었지만, 객관적인 입장에서 그를 바라보지는 못했었다. 환갑이 지난 아들도 부모에게는 항상 어린 자식으로만 보인다더니 내가 바로 그 짝이었다.

그러나 오늘 그의 모습은 내 아들이기 이전에 예절바른 한국의 청년실업가였다. 아들로만 생각했던 그는 내게서 멀리 떨어져나가 손이 닿지 않는 먼 곳에 우뚝 서 있는 것만 같았다. 한 생명이 하나의 인격체로 완성되어가며 자신의 정체성을 찾아가는 모습을 보는 듯 감회가 새롭다.

아들은 어려서부터 조금은 남다른 구석이 있었던 것 같다. 그가 초등학교 시절, 가끔 수입 식품을 사들고 들어오는 어미에게 국산품도 있는데 왜 수입품을 사시느냐는 말에, 그때는 국산 식품이 지금처럼 다양하지 못했지만 변명할 수가 없었다. 그리고 고등학교 삼학년 때인가, 하도 불안해서 과외팀에 넣었더니 왔다갔다 소요되는 시간이면 집에서 공부하는 편이 더 효율적이라고 말하곤 했었다. 유학을 마치고 귀국할 때에도 우리는 학업을 계속하기를 원했지만, 그는 사업을 하고 싶다고 말했다. 경영학을 택할 때부터 이미 장래 사업을 꿈꾸었는지도 모른다.

행사가 끝나자 많은 공원들이 다시 일에 열중한다. 원목을 자르고, 돌을 깨고, 콘크리트를 섞는다. 공사가 끝나는 10월까지 합숙을 한다니 인건비가 싼 이곳에서만 가능한 일이다. 공사장을 돌아보자니 주방에서는 여러 개의 대형 찜통으로 빵을 찌고 있었다. 빵이 주식인 그들에게 밀가루 하루 소비량이 247킬로그램이라니 대단한 양이다. 이 많은 공원들을 관리하려면 얼마나 힘이 들까, 기쁨 속에서도 걱정이 앞선다.

연태에서의 일정을 마치고 청도(靑島)를 향해 달린다. 행사를 준비한 직원과 하객들을 위해 청도에서 하루를 보내기로 계획된 일정이었다. 해안선을 끼고 형성된 도시가 유럽의 휴양지처럼 아름답다. 하루를 같이 머물다가 그들이 먼저 떠나고 우리 내외만 남았다. 오셨으니 운동도 하고 쉬다 오라는 아들의 배려였다. 먼저 떠나는 아들의 뒷모습이 믿음직해 보이면서도 누리는 호사가 너무 커서인지 왠지 거북하게만 느껴진다. 남편과 아들의 차이가 이런 것일까.

전에도 해운업을 하던 남편을 따라 가끔 출장길에 동행했었다. 그때는 대접을 받아도 미안한 생각이 들지 않았다. 회사 일과 나는 무관했어도 아내라는 자리가 마땅히 누려야 할 권리라고 믿었기 때문이었나 보다. 오히려 일보다 많은 시간을 함께 해주기를 바라기까지 했었다. 그러나 아들은 그렇지가 않았다. 회사의 규모가 커도 힘이 들까봐 걱정스럽고, 융숭한 대접에는 지출이 과한 건 아닌지 조바심이 난다. 부모에게 자식이란 무한정 주고만 싶은 존재인데, 어느새 주기보다 받게 된 입장이 안타까워서일까. 품안의 자식으로만 여겼던 아들에게 이제 우리는 버팀목이 아니라, 그들의 울타리 안에서 의지하고 보호받는 노인이 되어가고 있음이다.

해를 거듭하며 우람해지는 나무처럼, 우리보다 더 좋은 모습으로 우뚝 선 아들이 대견스럽다. 가는 세월의 허망함보다 존재의 영속성을 확인하는 하루는 길지 않았다. 황하(黃河)로 지는 석양 노을이 휘모리 가락처럼 사위를 온통 붉은 빛으로 휘몰아 간다. 그 노을 위로 환하게 웃어주던 아들의 얼굴이 걸린다.

(2000.)

날마다 좋은 날

올림픽 도로 옆으로 뒤늦게 설화처럼 피어난 설유(雪油)가 시선을 붙든다. 봄의 문턱, 인고의 화신인 양 노란 꽃술을 터트리는 산수유와 더불어 이른 봄 첫 손님이다. 가늘고 유연한 가지에 방울방울 맺힌 희고 작은 꽃무리, 웨딩드레스로 단장한 신부의 너울처럼 출렁인다. 도시의 소음과 주야로 뿜어대는 아황산 가스에도 아랑곳없이 지고지순(至高至純)한 넋으로 피어난 천상의 눈꽃인가.

겨울과 봄 사이, 거실 중앙 백자 가득히 철 이른 설유(雪油)를 꽂고 가는 겨울을 송별하고 오는 봄을 자축하는 것은 오래된 나의 습관이다. 비록 혼자만의 축제지만 알 수 없는 기대로 가슴마저 두근거린다.

길고 유난했던 추위 탓일까. 꽉 차오는 나이가 주는 무력감일까. 금년은 연례 행사도 치르지 못한 채 맞이한 봄이 왠지 아쉽고 서글펐는데…. 푸른빛이 번지는 기색도 없는 여백의 잔디 사이에 이 놀랍도록 아름다운 무채색의 신비. 흰빛은 모든 색을 수용도 하지만 남김없이 되돌려 줄 줄도 아는 아량이 있다.

환경 문제의 심각성에 아랑곳없이 도시 전체를 주차장으로 만들어 버린 시 행정에 분노도 느끼지만, 각박한 도시인의 삶에 꿈과 정서를 주는 새봄맞이 환경 미화에는 후한 점수를 주고 싶다. 정차 현상으로 끓어오르던 소용돌이가 눈꽃 속으로 녹아든다.

편안해진 마음으로 한강을 굽어본다. 수없이 반짝이다 부서지는 하얀 은비늘을 이고 멈춘 듯 흐르는 강물은 어디가 상류인지 하류인지 모르게 조용하다. 둔치에 심어 놓은 일년초들이 아직은 바람이 차다고 얼굴을 맞대고 소곤거리는데, 승객도 없는 유람선 한 척이 유유자적 거슬러 올라온다. 시야에 들어오는 경관이라고는 아파트 단지밖에 없다는 지난날의 생각 대신에 시원한 강바람에 타고 싶은 충동마저 느껴진다.

약속한 장소는 한적하나 쓸쓸해 보이지 않는 분위기가 좋다. 늦은 나를 불평 없이 기다려 주는 친구의 눈빛도 곱다. 강북을 잇는 복잡한 교통 사정을 관용으로 덮어주며 마주잡는 손끝이 따스하기만 하다. 깊은 신뢰와 사랑이 어우러지는 좋은 날이다.

커피 한 잔에 쏟아지는 진솔한 이야기에 시간 가는 줄도 허기지는 줄도 모른다. 지나온 삶의 반추보다 남은 시간을 어떻게 보낼 것인가에 초점을 맞춘다. 길지 않은 삶이 소중하게 느껴지며 그 많던 시간을 넓고 깊게 소유하려는 노력이 없었음을 후회한다.

만져질 것 같은 따스한 봄볕이 창가로 내려와 둘의 얼굴을 비춰준다. 풍요로운 고요가 우리를 감싼다. 자신도 모르게 키워온 불평의 가지는 그가 잘라주고 그녀의 가슴에 고인 앙금은 내가 녹여준다. 무질서하게 자란 곁가지들이 정리된 가슴으로 시원한 바람이 몰려온다. 찐득하게 엉겼던 찌꺼기를 걸러낸 그녀의 가슴에도 맑은 샘물이 봇물 터지듯 고여 오는 소리가 들린다. 좋은 날이다.

어렴풋이 알 것 같다. 부질없는 욕심을 버리고 마음을 비우면 작은 불만의 싹도 자랄 수 없다는 것을. 이 좋은 계절 가운데 내가 있고 아직도 나를 걱정해 주시는 부모님이 계시다. 한기를 막아줄 가족의 울타리가 든든하고 사랑하기에 충분한 벗이 있다. 단조로운 일상에도 오늘 같은 만남이 있다. 작은 분노도 키울 수 없는 축복 받은 내가 아닌가.

귀로는 더욱 멋질 것이다. 시간에 얽매이지 않는 자유로움으로 눈꽃을 오래오래 바라볼 수 있을 것이다. 잊고 지나친 봄의 축제에 흠뻑 빠져 보리라. 낙조로 노을진 한강은 넉넉한 은

총에 금빛으로 변했을 테고 성산대교에 반쯤 걸린 석양은 눈부실 것이다. 아름다운 기억으로 남은 세느강의 미라보 다리나, 화려한 아르누보 양식의 가로등이 돋보이는 알렉산드르 3세교의 예술성에 비길 수 있는 다리는 못되지만, 안전성에 염려만 없다면 우리 풍토에 맞는 시원하고 긴 다리가 아닌가.

일상에서 생기는 소용돌이나 분노, 불평의 가지를 잘라낸 가슴속엔 고운 것만 감사하는 마음만 담기로 하자. 내 감정에 너무 정직하여 사랑과 미움을 쉽게 표출하는 성격도 고쳐야 한다. 결 고운 바람에 작은 잎들이 저마다의 몸짓으로 흔들린다. 절두산 성지를 지나면 우선 슈퍼에 들르도록 하자. 가족들의 환한 미소를 꿈꾸며 별식을 준비해 보자. 걸음을 재촉한다.

현관을 들어서면 언제나처럼 두 손자가 벽 뒤에 숨었다가 나를 놀라게 할 것이다. 나도 깜짝 놀라는 표정으로 그들을 웃겨주자. 입가로 웃음이 샌다.

참으로 좋은 날이다.

(1996.)

수정하기 어려운 기도

창가에서 힘없이 손을 흔드시던 두 분의 모습이 지워지질 않는다. 차가 떠나올 때까지 한참을 바라보시던 창가로 흐드러지게 핀 목련과 개나리가 부모님의 모습을 더욱 쓸쓸하게 비추어 얼른 고개를 돌리고 말았다.

언제부터 저렇게 안쓰러운 모습으로 변하신 것일까. 항상 곱고 당당하시던 두 분의 모습은 간 곳 없고 쓰러질 듯 쇠잔한 모습이 조춘(早春)의 그림과는 너무도 어울리지 않는다. 지난 주 올 때만 해도 지척에서 봄을 느끼지 못했는데, 서둘러 온 봄이 오늘따라 서글프기만 하다.

올해 부모님은 미수(米壽)를 맞으셨다. 기억력은 점점 쇠퇴하고 거동도 자유롭지 못하시지만, 가장 견디기 어려운 것은 외로움인가 보다. 주위의 가까운 친구분이나 형제들을 먼저 보냈으니 전화로 회포를 풀거나, 만나고 싶어하실 친지조차 없다. 곁에 자식이 있다 하더라도 어찌 친구와 나누는 묵은 정을 대신할 수 있을까. 함께 살아 온 지난날의 추억도, 세월의 허망함에 대한 푸념도 동시대를 겪은 이들만이 나눌 수 있는 대화일 것이다. 그저 날마다 아들 며느리의 퇴근이나 기다리고 세 자식이 찾아 뵙는 것이 고작인 생활이 얼마나 지루하고 외로우실까. 몇 년 전만 해도 자식들과 함께 여행도 하셨는데, 근래에는 하루 나들이 외엔 모두 마다하신다. 열심히 일하고 베풀며 살아온 세상에서 나이 들었다고 어느 순간 모든 것을 거두어 가는 이치가 너무 가혹하게 느껴진다. 이건 너무 잔인한 자연의 순리가 아닌가.

이런 날이 이렇게 일찍 오리라고는 예기치 못했다. 맏이인 내겐 항상 엄격하고 어렵기만 한 아버지였기에, 전화로 하시는 말씀을 잘 알아듣지 못해서 "네?" 하고 한두 번 반문하다가는 제대로 듣지도 못한 채 "네" 하고 대답할 정도였으니 말이다. 정년 퇴직을 하신 뒤에도 시간이 모자랄 정도로 책 속에 묻혀 사셨고 서너 종류의 신문은 물론, 하다못해 바둑 책이라도 손에 들고 계셨던 아버지가 요즘은 소파에 앉으시면 주무시기가 일쑤다. 우리나라 역사는 물론 세계사 연대 인물까지 설명해 주시던 아버지. 지난 강원도 여행에서도 영월의 음식이 정선의 음식보다 낫다고 말씀하신 분이셨는데 지금은 방금

들은 손자들의 소식도 다시 묻곤 하신다. 그 인품과 학식 어느 것 한 가지도 물려받지 못했는데, 흐르는 세월이 무엇인지 그런 아버지를 뵙는 것이 마음 아프다.

오늘 문득 선배가 들려 준 이야기가 생각난다. 선배의 어머님은 아들인 오빠 댁에서 노년을 보내셨다고 한다. 출가외인이 된 자식은 시집살이에 바빠서 자주 찾아 뵐 수도 없었고 어쩌다 한 번 뵙고 떠나올 때면 가슴이 아파 차라리 돌아가시기를 바랐다는 말이 가시처럼 목에 걸려온다. 자주 찾아 뵐 수도 없는 안타까움에 오죽하면 선배가 그런 생각을 했을까. 모시고 살 수 없는 딸은 마음뿐이지 소용이 없다는 생각을 나도 요즘 들어 종종 하게 되기 때문이다.

온종일 마음이 울적하고 일손이 잡히지 않는다. 액자 속의 빛바랜 사진처럼 두 분의 모습이 나를 붙들고 놓아주지 않는다. 이제 두 분을 위한 기도의 내용도 조금은 수정해야 되지 않을까 생각해 본다. 매일 드리는 기도 중에 "오래 오래 저희들 곁에서 평안하게…"라는 말에서 "오래 오래"라는 말을 빼고 살아 계신 동안 편안하게 사시다가 좋은 계절에 고통 없이 가시라고 고쳐야 되지 않을까 싶다. 가슴은 아프지만 달리 도리가 없지 않은가. 오늘도 어머니께서는 "왜 이렇게 안 죽는지 모르겠구나. 너무 오래 사니까, 누가 아프다면 걱정스럽고 사는 게 힘이 든다. 부부가 이렇게 늦게까지 해로하는 것도 좋은 것만은 아닌가보다." 하시면서 종일 강의하고 피곤한 모습으로 들어오는 아들이나 며느리한테도 미안한 생각이 든다고 하신다. 아들의 머리도 벌써 희끗희끗 변해 가는데 이 늙은 부모를 지켜보기 얼마나 답답하겠느냐고 하시던 말씀이 저리도록 가슴을 파고든다.

하긴 어느새 나도 동창회 모임이 아니고는 어느 모임에서도 나이가 많은 쪽에 속한다. 친구들도 만나기만 하면 서로 아프다는 하소연들뿐이다. 이미 끝나 가는 자신의 삶이 허망하다고, 가버린 젊음을 한탄하며 너도나도 목청을 돋운다. 나도 모르게 그 대화에 끼어들다가 소스라치게 놀라 입을 다물곤 한다. 내 나이가 외롭고 쓸쓸하다면 미수에 처하신 부모님의 심정은 어떨지 헤아리게 되는 까닭이다.

눈길을 던지니 천지가 봄이다. 개나리와 목련은 부푼 꽃망울을 터트리고 응달진 산기슭도 연둣빛으로 물들어 간다. 이렇게 산천초목이 다시 맞을 봄으로 설레듯이 부모님의 가슴에도 한 번 더 봄을 맞이하게 해 드릴 수는 없는 것일까.

오늘도 습관처럼 아파트 단지를 걷는다. 꽃향기가 코끝에서 맴을 돈다. "오래 오래" 라는 말을 빼고 기도를 시작하려니 왈칵 눈물이 쏟아진다. 다시 용기를 내어 보지만, 나도 모르게 "5년 아니 3년만이라도 저희 곁에서"라는 말이 자꾸 새어 나오는 것을 난들 어찌하겠는가.   (2001.)

떠나는 당산 철교

요즘 들어 합정 전철역에 들어서면 정든 집을 떠나는 사람처럼 사방을 둘러보는 습관이 생겼다. 추억이 깃든 곳은 없지만, 손때 묻은 내 집같이 아늑하다. 간간이 당산역까지 셔틀버스를 운행한다는 안내 방송과, 산만하게 붙어 있는 벽보들이 이 역과 당산 철교의 폐쇄가 가까웠음을 알린다.

허약한 인간의 두 다리로도 70년 이상을 지탱하는데, 육중한 콘크리트 다리를 그렇게 많이 갖고서도 13년 5개월의 짧은 나이로 세상을 떠나는 것이 당산 철교의 운명이다. 원인은 세로 보(補)균열이란다. 안전에 대한 무성한 논란을 뒤로 하고 1996년 마지막 날 전면 재시공에 들어간다. 천문학적인 시공비 손실은 물론이고 이 철교를 통과하는 30만 명의 서울 시민이 엄청난 전쟁을 치르게 됐다. 늦정이 무섭다더니 한강을 가로지른 긴 철교가 눈망울 속에서 어른거린다.

　내가 2호선을 이끼는 데는 그만한 이유가 있다. 30년 가까운 세월을 서교동에만 주소를 둔 까닭도 있지만, 더 큰 이유는 철교에서 한강을 바라보는 기쁨 때문이다. 승용차로 양화대교나 성산대교를 건널 때는 승차감 때문인지, 강을 건너는 느낌도, 강을 바라보려고 목을 뺀 기억이 없다. 하지만 당산 철교에 오르면 기차 여행의 추억이 되살아나고 난간 사이로 비치는 한강의 사계가 그렇게 아름다울 수가 없다. 합정역에서 승차해 방음벽이 끝나기 무섭게 으레 길지 않은 목을 늘이고 창문쪽으로 향한다. 좌로는 절두산 성지, 우로는 자유로와 난지도의 거대한 모습이 굽이 도는 한강과 함께 한눈에 펼쳐진다. 언제나 강물은 어제가 오늘인 듯 의연하다.

　철그럭 철그럭 레일을 달리는 소리는 부산 피란 시절, 처음 낙동강 철교를 건널 때의 감격과 땅거미 자욱한 한강 철교를 넘어 그리운 서울로 들어설 때의 향수로 이어진다. 그래서 을지로 쪽이 아니면 몇 정거장을 돌아가는 불편이 있어도 당산동 쪽으로 행선지를 잡는 게 습관처럼 되어 있다.

　물안개 자욱한 어느 날, 반원형 성산대교의 실루엣은 구름에 걸린 견우직녀의 오작교인 듯, 전설의 그림 속을 달리는 기분이 들고, 아침 햇살로 반짝이는 물결은 온갖 환희와 소망으로 용솟음친다. 귀로에 낙조로 물든 한강을 굽어보고는 무사

한 하루를 감사한다. 철교를 들어서면 갑자기 줄어드는 속력에 어떤 이들은 겁이 난다고 하지만 '인명은 재천'이란 말을 믿고 사는 나는 날마다 다르게 느껴지는 풍광을 만끽하며 지혜를 얻고 반성의 시간도 갖는다.

병자년도 2시간밖에 남지 않았다. 아침 나절부터 한 해를 마감하는 아쉬움인지, 새해를 맞을 설렘인지 분간할 수 없는 묘한 기분이다.

오늘 23시면 당산 철교도 영원으로 사라진다. 만두를 빚으면서도 누가 부르는 것처럼 공연히 마음이 급했다. 외투를 걸치고 밖으로 나섰다. "어디 가시느냐"는 아들의 물음에 볼 일이 있다고 가볍게 대답했으나, 며느리는 눈치를 챘는지 슬며시 웃는다. 낮에 당산 철교에 대한 아쉬움으로 마지막 열차를 타고 송별을 하고 싶다고 말했으니까.

13개씩 3단계로 된 계단을 천천히 내려섰다. 제야의 종소리로 한 해를 마감하려 종각에 모인 인파나, 여명을 맞으러 성산 일출봉과 동해를 찾는 인파를 생각했음일까, 1시간 뒤면 폐쇄될 역사 안의 정적이 이상하게 느껴진다. 늦게 귀가하는 사람들의 무표정한 얼굴에는 서운해하는 기색도 없다. 성능 나쁜 마이크에서는 곧 운행이 중단된다는 의례적인 음성이 빈 역사를 울린다. 이상한 건 내 쪽일까. 유독 나만이 기차 여행의 추억을 안고 철교를 건넌 것일까. 전철 안도 예나 다름없이 한가

하다. 앞못보는 젊은 내외가 늦은 시간까지 노래를 부르지 않으면 살 수 없다는 애처로운 목소리로 찬송가를 부르며 지나간다. 올해의 마지막 선심을 쓰자. 쨍그렁 소리가 아닌 인기척에 그들은 방향도 모르고 인사를 한다. 방음벽이 지났으니 목을 늘일 시간이다. 승객이 없을 때는 앉은 채로도 잘 보이지만, 오래된 습관 때문이다. 한강 둔치는 깊은 휴식 속에 미동도 없고, 올림픽도로와 양화대교는 아직도 두 눈에 불을 켠 거대한 공룡이 움직이듯 꼬리를 물고 이어간다. 가로등 불빛은 강물 속에 긴 그림자를 드리우고 승객 없는 전철은 술에 취한 듯 흔들거린다.

문래역에 하차해 다시 반대쪽 방향으로 가는 전철을 탔다. 마지막 방향은 한강대교를 향해 자리를 잡았다. 강변으로 늘어선 아파트 단지에서 뿜어대는 불빛은, 광활한 우주에 저마다 자리를 지키고 빛을 발하는 수억의 별들이 하늘에서 모두 떨어져 함빡 나뭇가지에 내려앉은 것처럼 환상적이다. 경제적인 혼란이나, 세모의 어수선함도 잠재운 채 평화롭기만 하다.

잘 가거라. 당산 철교야. 다시 태어날 때는 건강한 몸으로 수천 년 이어질 생명을 갖고 태어나거라.

합정역에서 정차하니 폐쇄 30분 전이라는 말을 아무 감정도 없이 되풀이한다. 아쉬움을 안고 계단을 오르는데, 최사립의 고시(古詩) 「기다림」이 오늘따라 마음을 비집고 들어선다.

버들꽃 흩날리는 천수문 앞에
술 한 병 들고 와서 벗 오기만을
뚫어지게 보는 먼 길 해는 지는데
몇몇 오는 사람 가까이 오니 아니어라.

한동안 서성이다 송별하는 이 없는 쓸쓸한 역사를 뒤로 두고 발길을 옮긴다. 정든 집을 비우는 허전한 마음으로….
역사(歷史)는 이렇게 만들어지고 우리는 또 다른 역사를 위해 끝없이 달려간다.

(1996.)

아버님 전 상서

국향(國香) 그윽한 계절, 오늘은 음력 구월 초열흘, 서른세 번째 맞는 아버님의 기일입니다. 10년이면 강산도 변한다더니 아버님의 지극하셨던 사랑도, 애틋한 기억도 하나 둘 세월 속에 묻어가며 어느새 강산이 세 번이나 바뀌었나 봅니다.

아버님의 기일은, 언제나 자상하시던 아버님의 인품처럼 늘 따사롭고 청명해서 친척들이 모이기에도, 제수를 준비하기에도 좋았습니다. 대문을 나서면 골목 어귀마다 익어가는 감이랑 모과는 풍요롭게 향기를 뿌리고, 여름내 가꾸셔서 가을이면 소담스럽게 피워내시던 그때의 국화처럼 곱게 피어난 황국이 잊었던 아버님의 기억을 되살려 주곤 했습니다. 게다가 부족한 저희들이 행여 음력을 잊을까봐 생신달만 바꾸어서 같은 초열흘 날 돌아가신 두 분의 깊은 배려를 헤아려 보기도 했습니다.

　오늘도 큰댁 작은댁 조카 내외분들, 그리고 아들 손자 증손까지 여기 모였습니다. 이렇게 거실 가득 제관들이 모여 아버님 생전의 이야기로 꽃을 피우고 있습니다. 그처럼 아끼시던 세 손자, 그리고 돌아가실 때 태중에 있었던 아이는 손녀로, 지금은 모두 장성해 일가를 이루었습니다. 떠나시기 전날 아침까지 스쿨버스를 태워 주셨던 그때의 손자들보다 더 큰 증손자가 이렇게 의젓하게 심부름을 하고 있습니다. 부족하기만 한 며느리를 사랑으로 감싸주셨던 아버님, 이제 그 며느리보다 더 곱고 착한 세 손부가 지금 아버님께 올릴 제수를 준비하느라 분주합니다.

　아버님, 지금도 기억합니다. 손님이라도 오시던가, 점심이 조금 부족하여 상을 올리고 나서 이른 저녁을 할라치면 어느새 나가셔서 점심을 시켜 보내 주시던 아버님, 저는 시키지 않았다고 손을 가로저으면 어느새 뒤따라 오셔서 어서 식기 전에 먹으라고 말씀하시던 그 따뜻한 음성, 외출을 하실 때 용돈이라도 드리면 신발장이나 서랍에 넣고 가시고는 저만치 가셔서 전화로 손자들 필요한 것 사주라 하시던 기억은 아직도 눈에 보이는 듯 생생한데, 받을 줄만 알았지 베푸신 사랑에 보답은커녕 저희 손으로 새 양복 한 벌 지어 드리지 못한 불효가 한동안 아물지 않고 통증으로 남아 명치끝이 아팠습니다. 부모는 언제까지 기다려 주시지 않는다는 이치를 미욱한 저는 왜 일찍 깨닫지 못했었는지 모르겠습니다.

그것도 아범 대신 저의 친정 할아버지 소상에 가셨다가 쓰러지셔서 병원에 옮기셨고 결국 그것이 마지막이 되실 줄 누가 알았겠습니까. 가을이었지만 폭풍이 몰아치듯 어둡고 사납던 날씨, 에밀리 브론테의『폭풍의 언덕』이 연상되던 그렇게 무섭고 험악했던 날은 이전에도, 그 이후에도 정녕 없었던 것 같습니다. 그런 날씨에 청파동 언덕을 오르시느라 얼마나 힘이 드셨을까요. 저도 그랬고 어머님께서도 한사코 말리셨지만 아범이 없으니 다녀와야 한다고 굳이 떠나셨다는데….

포도주 한 잔을 드시고는 그 날도 손자 자랑에 기분이 좋으셨다니 그래서 혈압이 오르신 것은 아닌지 모르겠습니다. 이틀을 혼수 상태로 계시다가 집으로 모셔왔지만 산소 마스크를 떼자 그것이 칠십이 년 생애에 마지막이셨습니다. 그렇게 아끼시던 아들 손자를 이 세상에 남겨 두고 어떻게 혼자 눈을 감으셨는지 아무리 생각해도 모를 일입니다. 아범은 자신의 이름을 한 번만이라도 불러 주시고 돌아가셔도 여한이 없겠다고 오열했으며, 저희 집은 아버님을 잃고 그대로 무너지는 줄로만 알았습니다. 어이없는 슬픔 속에 궤연(几筵)을 모시고 평소처럼 아침저녁 상식에, 초하루 보름 삭망을 삼 년 동안 지내다 보니 탈상을 하게 되더군요. 그것이 저희들과의 완전한 결별이셨습니다.

　세월은 많이 흘렀고, 슬픔도 차차 아물어 갔습니다. 아버님의 보살핌인지 아이들은 건강하게 자랐으며 아범의 사업도 번창했습니다. 그리고 두 번이나 새집을 짓고 이사도 했습니다. 새집으로 이사할 때마다 제일 먼저 아버님의 영정을 모시고는 눈물졌으며, 사 남매의 대학 입학이나 졸업, 결혼 때마다 지금 이 자리에 계셨으면 얼마나 기뻐하셨을까, 지금 살아 계시면 연세가 몇이실까 하고 황망히 연세를 짚어보기도 했습니다. 그러나 이 모두가 까마득한 옛이야기가 되었고 이제 저희도 많이 늙었습니다.

　아버님, 오늘은 조금 특별한 날입니다. 지금 혹시 천상에서 내려다보고 계시지는 않으신지요 새 그릇에 메를 지었거든요. 같은 음식인데도 반짝반짝 빛나는 방짜 제기가 임금님의 수랏상처럼 보기가 좋습니다. 당신의 며느리는 벼르기만 하다가 미처 준비하지 못한 제기를 장손 내외가 준비를 했습니다. 외아들에게서 태어난 세 손자를 세상에서 당신만 가지신 보물인 양 자랑스러워하시던 아버님, 필경 두뇌가 명석할 게고 필체도 좋을 것이라고 장담하시더니 그 말씀이 기우는 아니셨다고 감히 말씀 드려도 될 것 같습니다.

　아버님, 얼마 전에 저희도 부모님 곁에 자리를 마련해 놓았습니다. 말벗이 되어 드릴 날도 그리 멀지 않았나 봅니다. 그

때 저희도 아버님처럼 아이들의 가슴 한 편에 그리움으로, 사
랑으로 기억되기를 소망하며 열심히 살아가겠습니다. 이제 흠
향할 시간입니다. 향을 피우겠습니다. 새 그릇에 정성들여 지
은 메와 탕, 전이랑 편도 많이 드시고 부디 평안을 누리시옵소
서.

　구월 초열흘 며느리 올림

(1999.)

외출

　안방 구석에 있는 작은 장농 속은 늘 어지럽고 어수선하다. 미흡한 일상의 낙서들이 모여 살고 있기 때문이다. 분주한 삶에 떠밀려 살아오면서 수없이 아파하고 기뻐했던 지난날의 잡다한 생활의 흔적들은, 조용한 시간 가끔씩 다가서면 나를 반기며 조심스럽게 지난 얘기를 들려준다. 아주 소상하게. 혼자이면서도 때론 부끄러워 얼굴 붉히기도 하고, 행복에 겨워 흐뭇할 때도 있지만, 나의 글이 언제나 서툴고 미흡하다는 생각에는 변함이 없다.

　자신을 송두리째 드러내기엔 성숙치 못한 삶의 깊이와 사고에 한계를 느끼고, 숨차고 복잡하게 얽혀진 나의 생활은 자신을 연마하고 채찍질하기에는 터무니없이 모자라기만 했다. 책 속에 묻혀 살아도 힘든 일을 쓰고 싶다는 충동만으로 좋은 글을 쓸 수 있겠는가. 그러나 마냥 자유롭고 솔직담백하게 일상의 평범한 느낌에서도 가슴 적시는 정감 어린 글을 쓰고 싶다. 특이한 소재가 아니더라도 내면을 파고드는 영혼이 담긴 글을 써보고 싶다.

오늘은 소나기 한 줄기라도 올 모양인지, 하늘이 무겁게 어둠을 이고 있다. 창가엔 바람 한 점 없고, 제멋대로 자란 영산홍 잎들이 더위에 후줄근하다. 마치 내가 써놓은 글처럼 신선미가 없고 진부해 보인다. 물도 전기도 모자란다는데 에어컨을 켜기에는 마음이 내키지 않아 갈증난 나무를 벗삼아 땀 흘리고 고심한다.

수없이 쓰다 찢어버리는 내 능력에 절망하면서도 쉽게 덮어버리지 못한다. 쓰고 싶은 의욕이 있다는 것에 감사하며 '나는 안 돼!'로 쉽게 마음의 문을 닫지는 말자.

많은 사람들이 보다 쉽고 안일하게 살기만을 희망한다. 그래서 세상은 점점 정서가 메마르고 황폐해져 가는지도 모른다. 모두가 일확천금의 기회를 잡으려고 눈을 부릅뜬다. 내 자신도 예외는 아니다. 그 많은 사간들을, 물 오른 가지처럼 팽팽하고 활기차던 젊음을 무엇에 소비했는지 되돌아보면 한심할 뿐이다. 다시는 돌아갈 수 없는 그 때가 그립다.

문득 중년에 이르러 허망스러운 자신의 생활을 깨닫고, 새로운 삶을 얻고자 고뇌한다. 그러나 아무도 대신해 줄 수 없는 자신으로만 남겨질 뿐, 누구도 위로가 되어 줄 수 없는 혼자라는 사실을 알게 된다. 되돌릴 수 없는 긴 세월, 해를 거듭할수록 같은 삶만 되풀이되었을 뿐 잃어버린 것들이 나의 전부인 듯하다.

철들어 돌아보니 이미 초로의 나이에 돋보기에 의존한 채 쓸모 없이 늙어가고 있다. 체력적인 조건마저 도우려 하질 않는다. 그러나 여기서 멈출 수는 없다. 가슴 깊이 끓고 있는 소용돌이가 분화구가 되어 터져 나오도록 쓰고 또 써보자. 비 온 뒤에 싱그럽게 다시 태어나는 놀라운 생명력으로 가꾸어 보자. 행복이 느끼는 자의 것이듯, 글에 대한 나의 애정도 그와 같지 않은가.

다시 작은 장을 연다. 미세한 먼지 속에 살고 있는 보잘 것 없는 일상이 모두 고개를 든다. 볼품 없는 습작들이지만, 언제나 내겐 소중하다. 바깥세상을 모른 채 꼭꼭 숨어서 살아가고 있다. 오직 나만의 것으로….

그러나 언제쯤이라 약속할 수는 없지만 먼 훗날 세상 구경을 하러 외출을 하게 될지도 모른다. 나의 작은 소망일 수도 있으며 갑갑한 그들의 소망일 수도 있다. 5년 후라도 무방하고, 더 빨라져도 좋을 것이다.

낙엽 지는 가을의 외출은 익어가는 열매처럼 풍요로워서 좋을 것이고, 녹음 속의 외출은 숨어 우는 매미들의 합창에 발맞추어 좋을 것이다. 외출의 시기야 아무런들 무슨 상관이 없지만, 외출을 허락할 날이 오기는 올 것인가. 시작이 반이라는 말을 가슴 깊이 새기며 한 걸음 한 걸음 다가서고 싶다. 그리고 언젠가는 단정한 새 옷으로 갈아 입혀서 깔끔하고 정갈한 외출을 할 수 있으면 좋겠다. 화려한 외출은 꿈꾸지도 않는다. 아이들의 첫 발자국처럼 한 발 두 발 떼어놓으련다.

낮게 내려앉은 하늘은 아직도 비를 뿌리지 않는다. 땀 흘리며 고심하다 보니 더위도 잊는다. 장대 같은 소나기 소리는 환청인가 보다. 기다리는 소나기에 하늘도 세상도 말갛게 씻기기를 기다린다.

한 줄기 바람 같은 상큼한 언어가 그립다.

(1994.)

언제쯤이면 갚게 될까

갑자기 콧등이 시큰해지더니 눈물이 핑 돈다. 조간에 실린 한 논설위원의 "뛰지 말고 천천히 가, 다쳐."라는 글을 읽고서였다. 왜 눈물이 핑 돌았는지는 딱히 한 마디로 표현할 수 없지만, 분명 슬퍼서 흘린 눈물은 아니었다.

지방단체장 선거가 있던 날, 어느 시골학교 근처에 있는 김밥 집에 12만원이 든 봉투를 가지고 찾아온 소년이 있었다. 중학생 시절 그 집에서 먹은 김밥 값을 갚지 못하고 떠났다가 고등학교를 졸업하고 취직을 하자 그 돈을 갚으러 왔던 것이다. 한사코 돈을 받지 않으려는 주인에게 굳이 봉투를 놓고 간 소년, 어린 마음에도 자신의 처지를 배려해준 주인의 고마운 마음이 큰 빚으로 남아 있었던 모양이다.

필자는 거기서 일본의 유명한 동화 「우동 한 그릇」을 떠올렸다. 언제나 세모가 되면 찾아와 국수 한 그릇을 시키던 세 모자, 그들이 오면 국수 사리를 많이 넣고 가격을 낮춰 써놓던 주인의 따뜻한 배려가 다시금 가슴을 뭉클하게 한다. 세월이 지난 어느 세모에 장성한 두 아들과 어머니가 국수 세 그릇을 시키는 흐뭇한 정경에 콧등이 시큰해지더니 "뛰지 말고 천천히 가, 다쳐."라는 대목에 와서는 그만 눈물이 뚝 떨어지고 말았다.

부도가 난 중년의 남자는, 아내가 떠나고 가정마저 잃게 되자 실의에 빠졌다. 밥을 사먹을 돈도 없고 갖은 냉대 속에 세상을 비관하던 그는 온통 불이라도 질러버리고 싶은 심정이었다. 그러던 어느 날, 삼각지에서 어느 할머니가 하는 조그만 국수집에 들어가게 되었다. 국수 한 그릇을 눈 깜짝할 사이에 먹어 치우고 있는 그에게 할머니는 얼른 다시 한 그릇을 말아다 주었다. 허겁지겁 먹고 나서 도망치듯 뛰어나가는 그에게 "뛰지 말고 천천히 가, 다쳐."라는 할머니의 말에 그는 세상에 대한 분노를 모두 풀었다는 이야기였다.

연일 떠들썩한 선거 열풍이나 월드컵의 뉴스로도 부족한 지면에 가슴을 짓누르는 어둡고 무거운 기사들은 끊일 사이가 없었는데, 오늘 이 한 편의 훈훈한 글은 얼마나 세상을 살맛나게 하는지 모르겠다.

이처럼 어려운 역경 속에서도 남을 배려하고 인정을 베풀며 살아가는 사람들이 많다는 것은 내일의 희망이다. 그런 사람들을 보면 어떻게 저럴 수 있을까 감탄을 하면서도 그저 느낌으로만 그치는 자신을 부끄럽게 돌아본다.

내 주위에도 그런 분들이 있다. 그 중에서도 내게는 수호천사와 같은 형님이 한 분 계시다. 그래서 나보고 인덕이 많다고들 하지만, 누구에게나 한결같은 분이시다. 어려서부터 남을 배려하는 성품을 타고나셨는지는 몰라도 그분의 삶은 남다르다. 오른손이 하는 일을 왼손이 모르게 하라는 성경 말씀대로 가족에게는 물론 교우나 이웃을 위해 자신을 기꺼이 희생한다. 언젠가는, 돌볼 가족이 없는 암환자를 임종까지 근 3개월을 강북에서 강남을 오가며 간병을 해 의사도 형님을 환자의 어머니인 줄 알았다는 말은 아직도 가슴을 뻐근하게 한다.

지금도 나는 30년 가까이 봉사단체에 몸을 담고 있다. 그러나 형님처럼 그 누구를 위해 진심으로 배려하며 도와준 적이 몇 번이나 될까. 통합병원을 드나들며 수술 처치용 거즈를 접고, 병동을 위문하며 자연재해나 난민 구호금을 단체의 일원으로 보내는 것이 내 봉사의 전부였다. 그러면서도 개인으로는 어려운 일이 공동체 안에서는 가능하다고 목청 높여 말하면서 자신을 합리화하려 하지 않았던가. 가꿈과 거둠이 없는 허점투성이인 봉사, 배려와는 거리가 먼, 자신의 명분만을 지키기 위한 허울 좋은 봉사 생활이었는지도 모른다.

어제는 모처럼 이사한 딸네 집에 들렀다. 바쁘다고, 다리가 아파 무거운 것은 들지 못한다고 아무 도움을 주지 못하는 어미다. 그런데 형님은 잠시 시간이 나서 오셨다며 내 대신 아이들의 옷장 정리를 하고 계셨다. 일을 거들러 오면서도 김치까지 담가다 주시는 형님께 나는 늘 빚만 지고 사는 기분이다.

요즈음 『배려』라는 자기개발 우화가 베스트셀러라고 한다. 출판되자마자 5개월 만에 26만 부를 돌파했는데, 그 책이 독자들로부터 많은 공감과 지지를 얻은 이유는, 성공 조건에 대해 새로운 제시를 했다는 점이다. 경쟁이 아닌 배려가 우리를 진정한 행복과 성공으로 이끌 수 있다는 깨달음으로 다가와, 자기 자신을 돌아보는 계기를 제공했다는 것이다. 이기적이고 개인적인 이들에게 아름다운 마음인 배려를 가르쳐주는 글이 시대의 흐름을 타고 있다는 반가운 소식이다.

오늘 아침 내 눈물샘을 자극한 이유를 이제는 어렴풋하게 알 것 같다. 그토록 어려운 환경 속에서도 남을 배려할 줄 아는 그들의 삶이 큰 울림으로 다가와 자신의 의식을 두드렸음이다.

언제쯤이면 나도 그 소년처럼 마음의 빚을 갚게 될까. 무엇으로도 환산할 수 없는 그 큰 사랑의 빚을.

(2006.)

인연

오늘 산책은 선유도(仙遊島) 공원에서 하자고 친구와 약속을 했다. 한강변을 지날 때면 우선 선유도라는 이름과, 그에 걸맞게 조성된 공원 분위기에 늘 호감이 갔다. 그러면서도 이제껏 미루게 된 것은 아마 지척에 있어 언제라도 마음만 먹으면 갈 수 있는 곳이기 때문이었는지도 모른다.

한강에 떠 있는 섬 선유도가, 그 곳에 있었던 정수장 시설을 이용하여 재활용 생태 공원으로 새롭게 모습을 바꾼 것은 바로 2년전이었다. 요란하고 매끈한 인공 구조물을 배치하는 대신 천천히 시간의 흔적을 느껴볼 수 있도록 꾸며진 이색적인 설계로 국내의 조경상을 여러 차례 받은 바 있는 곳이기도 하다.

어제 노모(老母)를 모시고 그곳에 다녀온 친구가 전화를 했었다. 강을 끼고 있는 공원의 야경이 너무 아름다워 우리 부부 생각이 났다면서, 어제는 날이 좀 흐렸었는데 오늘은 날씨까지 청명하니 금상첨화가 아니겠느냐며 글도 절로 나올 것이라고 했다.

초저녁인데도 이미 양화대교는 차들의 행렬로 홍수를 이루었고, 섬으로 들어서는 무지개다리에도 사람들이 구름처럼 모여들고 있었다. 어제 왔으면서도 다시 우리를 동행해 준 친구의 배려에 감사하며 기꺼이 대열에 합류했다. 가족을 동반한 가장, 유모차를 끌고 가는 부부, 몸이 불편한 노모를 휠체어로 밀고 가는 아들, 다정한 연인, 그리고 우리 같은 노부부들이 선유도로 이어지는 다리를 건넜다.

서울 시내에 이렇게 너른 녹지(綠地)가 있다는 것이 얼마나 좋은 일인가. 공원 입구는 어두운 빛깔의 목재로 만들어져 아치의 밝은 색과 대조를 이루면서 감각적이고도 자연친화적인 느낌을 준다. 강 건너 무성한 푸른 숲을 이루고 있는 난지도는 천연의 산처럼 신선한 자연의 기운으로 넘치고, 한강은 잔잔한 물결조차 일지 않고 조용히 하늘을 우러르고 있다.

차례를 지내고 성묘를 다녀온 이야기로 숨 가쁘게 한 바퀴를 돌고나니 태양마저도 하루가 힘겨웠는지 모습을 감추려 한다. 산등성이마다 들어선 건물들에 가로막혀 그 형태를 제대로 바라볼 수는 없지만, 사부작사부작 몸을 낮추며 줄어들고 있었다.

걷기를 멈추고 잠시 벤치에 앉는다. 노란 은행잎이 쌓여가는 넓은 황톳길은 마치 고향 가는 길목처럼 정겹다. 우리는 약속이나 한 듯 친구는 송편을, 나는 군밤을 꺼내다 서로 바라보며 웃었다. 송편 하나를 입에 넣자 쑥향에 베틀한 청대콩이 빚어내는 쫀득하고 향긋한 맛이, 우정에도 맛이 있다면 이런 맛이 아닐까 하는 생각을 해 본다. 내일을 장담할 수 없는 오늘이지만, 이렇게 마음을 열고 담소할 수 있는 좋은 친구가 곁에 있음이 얼마나 축복인가. 천천히 야생화 정원으로 발길을 돌리자 감국(甘菊)의 진한 향기가 가는 가을이 아쉬운지 바람결에 옷소매를 잡고 살랑이다 멀어진다. 계절이 좋고 친구가 좋아서일까, 아니면 이곳의 운치가 특별해서인지 아무리 걸어도 다리가 아픈 줄도 피곤한 줄도 모르겠다.

순간, 절두산 성지 뒤로 둥근 달이 불쑥 모습을 드러낸다. 뜨거운 열정 대신에 차갑고 투명한 큰 원을 그리며 은쟁반같이 쑥쑥 올라오고 있다. 주위는 온통 떡가루를 내리덮은 듯 달빛이 환히 깔리고 걷기를 멈춘 사람들은 달을 향해 무슨 소망을 비는지 미동도 하지 않는다.

달에는 인간의 근원적인 그리움이 응축되어 있음일까. 슬플 때나 기쁠 때나 자신의 뿌리가 되어준 것들이 무의식 속에도 커다란 지분을 차지하며 나타나는 모양이다. 서양 사람들은 달에서 찌그러진 여인의 얼굴이나 늑대를 본다는 부정적인 정서에 반해, 우리네 조상들은 초가 삼간 짓고 양친 부모 모셔다가 천년만년 살고자 노래했으니, 예로부터 우리는 달에서 행복의 원점을 찾은 것이 아닐까. 그래서 추석 명절이면 부모형제 모여 조상을 받들고 성묘를 하는 것도 달은 유명(幽明)을 초월한 가족의 구심이 되고, 가족주의의 상징이 되었나 보다.

바람은 서늘하고 발걸음을 옮길 때마다 목조의 긴 다리는 여전히 흔들리며 몽환적이다. 달빛은 이 아름다운 그림을 조용히 품어 안고 있다. 마치 지난 시간들을 돌아보게 만드는 차분한 정물화처럼.

친구와 마주하며 손을 잡는다. 따스한 체온이 온몸으로 느껴진다. 산다는 것은 이런저런 인연을 맺고 풀면서 살아가는 것인지도 모른다. 인생의 어느 순간을 이렇게 함께 보낼 수 있는 인연은 보통 인연이 아닐 것이다. 가족 간의 혈연이나, 부부의 연은 그렇다 쳐도 친구 사이에는 무슨 인연이 있어 무료하고 고달픈 인생을 이렇게 동반하며 살아가게 되는 것일까.

하늘의 무한성과 한강의 흐름이 더욱 크게 느껴지고 우리의 우정은 깊이를 더해간다. 여기에 그의 말처럼 맑고 깊은 사색의 언어를 건져 올릴 수 있다면 금상첨화일 터인데.

(2004.)

2.
꽃 피는 봄이 오면

내게 남은 시간

친구가 남편을 보냈다. 그는 오랜 부부의 연(緣)을 놓고 홀
연히 떠나갔다. 우리는 가끔 자식에게 짐이 되도록 오래 살지
는 말아야 한다고 말하기도 했지만, 일흔한 살은 아직 아쉬운
나이다. 어떤 삶이든 죽음으로 귀결되고 언젠가는 죽음을 맞
게 되지만 친구의 남편은 자신에게 닥칠 죽음도 예상하지 못
하고 세상을 등졌으니 이렇게 허망한 일이 또 있을까.

그들 내외는 오래 전에 서울을 떠나 경기도 가평에 전원주
택을 짓고 살아왔다. 자주 만나지는 못했으나 멀리 있어 더 그
리워하는 사이였다고나 할까. 서로가 첫아이를 유치원에 보내
기 전에 만났으니 그 긴 세월을 물 흐르듯 조용히 지켜 온 우
정이다. 어쩌다 찾아가면 친구는 감칠맛 나는 솜씨로 갖은 음
식을 차려 내와 친정에 간 듯 마음이 푸근했었다. 고혈압인 남

편도 공기가 좋아서인지 매우 건강해 보였다.

친구는 남편을 유달리 위해, 경제적인 어려움이나 골치 아픈 대소사는 남편에게 알리지도 않을 정도였다. 부부가 기쁨도 고통도 함께 해야지 왜 좋은 일만 이야기하느냐고 하면 공연한 걱정을 안겨 주고 싶지 않아서 그런다고 말했었다. 그렇다고 남편이 모르지는 않았겠지만 그들은 그렇게 서로를 끔찍이 배려했다. 요즈음 들어 남편이 가끔 배에 손을 대고 있다가도 아내가 쳐다보면 얼른 내리고, 식사를 잘 못해 걱정하면 물을 부어 먹으면서도 한사코 아픈 내색을 하지 않았다는 것이다. 서로에 대한 배려가 지나쳐서 빠른 이별을 초래했는지도 모른다는 생각에 더욱 안타깝다.

지난 8월 중순, 가족의 성화로 진찰을 받았지만 이미 췌장암이 손댈 수 없을 정도로 악화된 상태였다. 다른 장기에까지 전이가 되어 수술도 못하고 덮어 버린 것을 남편은 빨리 퇴원하니 자신의 병이 심각하지 않은 것으로 알았을 것이다. 또 길어야 3, 4개월 정도밖에 살 수 없다고 진단이 내렸는데 그것도 환자가 병명을 알면 생명이 더 단축될 수도 있다는 말에 모든 것을 숨길 수밖에 없었던 아내의 마음은 얼마나 아팠을까.

그가 다시 입원을 한 9월 마지막 일요일, 남편과 함께 병원을 찾았다. 환자는 투명한 피부에 짙은 회색 눈썹 때문인지 얼굴이 더 수척해 보였다. 가족은 물론 방문객까지도 병의 상태를 알고 있는데 자신만 모르고 있는 그가 퇴원하면 예전처럼 부부 동반하여 자리를 마련하자고 했다. 유난히 늙는다는 말을 싫어했던 그가 기분만 좋으면 "우리 배재 학당"이라는 교가를 시작으로 해서 연대 응원가로 이어지던 호쾌하던 모습은 어디로 가고 힘없이 누워 있는 창백한 모습이 저물어 가는 가을 들녘처럼 스산하게 가슴을 파고들었다.

시아버님 기일이라 제수 준비를 하다가 마침내 그의 부음을 들었다. 새벽 여섯 시에 운명을 했다면 병원을 다녀온 지 겨우 6일 만이다. 식혜 밥을 푸던 손은 떨려 헛손질만 하고 손등으로는 눈물이 떨어졌다.

시월초였지만 새벽바람은 찼다. 장례를 치르는 동안에는 잘 견디었던 친구가 남편의 시신이 막상 화장장에 들어서자 울음을 터뜨렸다. "왜 아프면 아프다고, 걱정이 있으면 걱정이 있다고, 화가 나면 화를 내지 왜 바보처럼 참고만 살았느냐"고 울부짖는 소리가 찢어질 듯 아프게 새벽 공기를 가른다. 몸부림치며 통곡하는 친구와 삼 남매, 잘 자란 손자 손녀가 할머니와 부모를 번갈아 바라보며 연방 눈물을 훔친다. 부부와 자식의 연(緣)으로 만나 사랑하고 사랑받으며 살아온 지난날들이 그리움으로 사무치니 어찌 슬픔을 참을 수 있겠는가. 게다가 자신에게 다가올 죽음도 알지 못하고 떠난 남편이 참으로 안타까웠을 것이다. 어떤 친구는 아무것도 모르고 떠났으니 얼마나 행복하냐고 위로하기도 했지만 자신에게 남겨진 시간은 자신이 정리하고 떠나도록 배려해 주어야 하지 않았을까.

도스토예프스키에게는, 농노제의 폐지를 주창하는 사회주의 서클에 가담했다가 28세의 젊은 나이로 총살 직전에 황제의 특사로 풀려났던 일화가 있다. 추운 겨울 어느 날, 그는 두 사람과 함께 형장으로 끌려 나왔다. 사형 집행까지는 5분이 남아 있어서, 그 5분의 시간을 어떻게 쓸까 생각해 보았다. 그는 옆 사람들과 마지막 인사를 하는 데 2분, 오늘까지의 자신의 삶을 생각해 보는 데 2분, 그리고 남은 1분은 자연을 한 번 둘러보는 데 쓰고자 했다는 말이 머리를 스친다.

만약 친구의 남편이 자신에게 남은 시간을 미리 알았더라면 어찌했을까. 그는 아마 아내와 자식들에게 들려주고 싶은 말이 있었을지도 모른다. 그 한마디를 하지 못하고, 그 한마디를 듣지 못한 이들의 안타까움이 한(恨)으로 남았을 것을 생각하면 마음이 아프다.

앞으로 내게 남은 시간은 얼마나 될 것이며, 또 그 시간에 나는 무슨 말을 준비해야 할까. 집으로 돌아오며 내내 그 생각을 떨어버릴 수가 없었다.

(2003.)

지도자의 길

구름 한 점 없는 싸늘한 하늘이 나를 춥게 한다. 추위를 느끼는 것은 하늘만이 아니라 마음인지도 모른다. 연일 거듭되는 뉴스로 모두가 허탈감에 빠졌다. 경제는 바닥이 나고 나라와 국민은 만신창이가 된 혼란 속에 전해진 덩샤오핑(鄧小平)의 사망 소식은 잠시나마 우리를 뒤돌아보게 한다.

13억 중국을 풍요로 이끈 그는 현대사에 커다란 획을 긋고 떠나갔다. 그는 개혁과 개방을 통해 고립된 중국을 국제사회에 강국으로 끌어올린 정신적 지도자였으며, '죽의 장막'을 거두어 21세기를 선도할 잠재적 강대국으로 변화시킨 지도자였다. 홍콩의 귀속을 130여 일 앞두고 유명을 달리한 그의 죽음을 애도하며 천안문 옆, 인민혁명 기념탑 앞에 모인 군중의 비통한 모습은, 짧은 임기 뒤에 감옥행인 두 전직 대통령과 한보 사건으로 수렁에 빠진 우리에게 많은 것을 시사한다.

최근 발생한 안기부법과 노동법 개정의 변칙 처리로 사회는 어수선한데 한보 사태의 충격은 또 다른 파장을 몰고 왔다. 중소기업의 연쇄 부도와 자금시장의 동맥경화로 피해 업체는 4천 개가 넘고, 하루 평균 19개의 중소기업이 도산한다는 소식이다. 그런 중에 12일은 황장엽 비서가 망명을 시도했고, 15일은 이한영이 총탄에 쓰러졌다. 종횡무진한 사고로 정신을 차릴 틈이 없다.

요즘 들어 설원의 스키장이나 콘도가 전례 없이 한가하고, 대형 식당들도 고객이 반으로 줄었다고 울상이다. TV프로 중, 쇼킹한 뉴스가 많아 인기 드라마가 시청률이 떨어진다는 암담한 현실 속에, 몇 천 만원을 호가하는 밍크 코트가 잘 팔린다는 아이러니한 뉴스는 어떻게 받아 들여야 할까. 평생 큰 돈 한 번 만져 볼 수 없는 소시민에게 매일 떠들어대는 '억 조'라는 엄청난 숫자가 순진한 국민의 간만 키운 것은 아닐까. 순리를 등지고 삶에 오점을 남긴다 해도 눈이 어두우면 생생한 진리를 깨닫지 못하는 법이다.

4년 전, 30년 가까운 군정을 끝내고 문민정부를 맞은 국민의 기대는 참으로 컸다. 하늘을 찌를 듯한 위세로 변화와 개혁, 한국병 치유를 외치며 신한국 건설과 부정부패 척결, 국가 기강 확립을 위해 내건 구호와 공약은 국민 90%의 열렬한 지지를 받았다. 이제야 복지사회에서 멋지게 살게 될 것 같은 기쁨에 가슴이 벅찼다. 평생을 민주화 투쟁으로 다져온 강인한 투지가 깨끗하고 참신한 새 정부를 만들어낼 것이라고 믿었다.

꿈은 어느새 물거품이 되어 추락하고 있다. 국정 운영에 관한 정부의 대차대조표는 부실 운영과 부채뿐이다. 노동법의 파동과 파업, 납득할 수 없는 한보 사건으로 국가 기강은 흔들리고, 순리대로 살아온 국민들은 허탈감만 더해 간다.

조석으로 TV 화면을 가득 메운 얼굴들, 전직 대통령에 이어 은행장들과 장관, 국회의원 모두가 한결같은 죄목의 똑같은 얼굴이다. 입가에 흘린 미소는 사내 대장부의 기백을 나타내고 싶은 것인지, 아니면 몸통도 아닌 깃털이 죄가 되면 얼마나 되느냐는 비웃음인지 알 수가 없다. 국민을 우롱하는 웃음 대신 침통한 표정이라도 지었으면 민망하지나 않으련만. 언제까지 이어질 악순환일까. 가난의 유산일까. 역사적 모럴은 자취도 없고 나만이 잘 살겠다는 부도덕한 양심만 판을 친다. 국가가 흔들리는데 개인이 잘산들 무슨 소용이 있단 말인가. 세상에 태어나 대통령과 은행장, 장관과 그룹 총수는 아무나 되는 것이 아니다. 이룩한 명예는 성공적인 삶을 말해주고, 가문의 영광과 더불어 존경과 흠모를 받을 터인데, 무슨 돈이 그렇게 필요했으며, 무슨 명예를 더 얻고자 발버둥치는 것일까.

사과 상자에서 과일을 꺼내려다가 돈을 보고 놀랐을 가족의 모습을 상상해 보자. 그런 횡재가 제주도의 귤 밭으로 둔갑하기도 하고, 수천 만원의 밍크 코트로 바뀌지 않았을까. 그 엄청난 발상으로 나라를 돕는 데, 경제를 살리는 데 눈을 돌렸다면 오늘의 사태는 없었을 것이다.

이러한 소용돌이 속에 덩샤오핑의 죽음은 그들에게 어떤 시각으로 비춰질까. 그는 5척 단구로 문화대혁명을 겪으면서 황폐해진 중국을 세계 11대 무역국으로 만들었으며, 치욕의 상징이던 홍콩과 마카오를 금세기가 끝나기 전인 7월 반환 받기로 물꼬를 터놓았다. 주권 회복을 코앞에 두고 눈을 감는 순간까지 홍콩 땅을 한 번만이라도 걸어 보기를 갈망했다 한다. 지도자의 꿈은 재산 축적이 아니라 그런 것이 아닐까. 그의 파란만장한 정치 역정 속에는 89년 천안문 사태의 유혈 진압이라는 오점을 남기기도 했지만, 전통과 개혁의 양단을 쥐고 달려온 그의 삶은 중국인의 가슴에 영원히 빛날 것이다. 유언대로 안구와 장이 기증되고 화장한 재는 홍콩 앞바다에 뿌려질 것이다. 고인의 소박한 장례 주문에 따라 검소하게 끝내겠지만, 온 국민은 그 슬픔을 저력으로 변화시킬 것이다.

미국의 33대 대통령인 트루먼은 임기를 마치고 모든 예우를 사양한 채 기차를 타고 고향으로 돌아갔다. 그 일화가 그를 영원한 미국의 대통령으로 만들었듯이 덩샤오핑은 중국인의 가슴에 큰 별로 남을 것이다.

난국을 극복하는 최선의 길은 성실과 진실이며, 슬기이고 지혜이다. 마음을 비우는 것은 모든 것을 비우는 것과 같다. 우리 모두가 한마음으로 혼돈의 에너지를 승화시켜 나가야 할 때다. 어느 글에서 정치가를 교향악단의 지휘자로 비유한 글을 읽었다. 훌륭한 교향곡은 유기적 질서와 절묘한 조화가 이루어내는 작품이며, 구성원의 역할이 다르고 각자 다른 소리를 내지만, 일사불란하게 연주할 수 있는 것은 지휘자의 통솔력 때문이라고…. 정치가인 지휘자가 조화를 이루지 못하면 시끄러운 소리로 혼란된 상황만 야기된다.

덩 샤오핑도 흘러간 역사의 인물로 곧 잊혀지겠지만, 93세란 적은 나이가 아니다. 애도하는 그들의 모습에서 우리의 현실을 반성해 보자. 권력의 뒷모습이란 쓸쓸하게 마련이지만, 재산 축적이나 일삼는 풍토를 없애고 단호한 통솔력으로 4년 전 그 감격의 순간을 되찾을 수는 없을까. 우리에게 임기를 끝내고 사저(私邸)로 돌아가는 대통령을 보고 눈물짓는 일은 상상 속에서만 가능한 것일까. 답답한 마음을 봄비가 적셔준다. 굳은 땅이 봄비에 깨어나듯이 푸른 세상을 기다린다.

(1996.)

꽃 피는 봄이 오면

영화관을 나섰다. 귓전을 맴도는 고즈넉한 트럼펫의 선율이 가을 햇살만큼이나 포근하게 나를 감싼다.

「꽃 피는 봄이 오면」이라는 이 영화는 텔레비전에서 방영되었던 탄광촌의 한 중학교 관현악부 학생들과 선생님 이현우(최민식)의 이야기를 영화화한 것이다. 허구가 아닌 실제 이야기라서 더 감동을 받았던 것일까, 아니면 이 영화의 음악을 내 아들이 만들어서였을까.

철학을 강의하면서도 오히려 영화음악 작곡가로 더 알려진 셋째 아들, 그것은 아마 손쉽게 기존 음악을 삽입해 쓰는 것이 관행이었던 우리 영화 음악계에서 그 영상에 어울리는 창작곡을 만들어왔기 때문일 것이다. 영상으로 전달하기 어려운 섬세한 부분을 음악으로 표현해 내고자 하는 아들의 열정이 고스란히 담겨져 있는 것 같아 더욱 이 영화가 감동스러웠는지도 모른다.

영화는, 실연(失戀)의 아픔에다 꿈을 이루지 못해 고뇌하는 젊은이가 아이들을 가르치면서 다시 인생의 봄을 찾아가는 과정을 진솔하고 코믹하게 그리고 있었다. 그는 오케스트라 단원이 되어 트럼펫을 연주하는 음악가가 되고 싶었지만, 그 꿈은 이루지 못한다. 좌절 끝에 임시 음악교사를 구한다는 시골 중학교까지 왔으나 아이들의 악기는 소리도 잘 나지 않을 뿐만 아니라 제대로 된 악보 하나가 없었다. 게다가 올해 경연대회에서 우승을 하지 못하면 관악부는 해체될 상황이라 막막하기만 한데, 애들은 그런 문제는 관심이 없이 그저 음악이 좋아서 열심히 할 뿐이었다. 마치 어린 시절에 자기가 그랬던 것처럼.

자신의 꿈은 이렇게 현실에서 점점 멀어져 갔지만, 아이들의 순수한 열정과 이웃의 소박하기만 한 온정이 얼어붙었던 현우의 마음을 조금씩 녹여 준다. 음악을 시키지 않겠다는 학생의 아버지를 설득시키기 위해 탄광굴 앞에서 비를 맞으며 지휘하던 현우의 모습과, 밤바다에 울려 퍼지던 애조 띤 트럼펫의 울림이 긴 여운으로 남는다.

영화를 관람한 어느 젊은이가 자신의 삶을 보는 것 같아 가슴이 뭉클하고 눈시울이 뜨거웠다고 했다. 하지만 어찌 젊은

이들뿐이랴. 그래서 다시 시작하고 싶다는 주인공의 절규는 우리 모두의 독백처럼 들렸다.

"엄마의 꿈은 무엇이었느냐"고 현우가 엄마에게 묻는 장면이 있었다. 어머니는 "꿈은 무슨 꿈, 먹고살기도 힘든 판에…" 하다가는 잠시 후에 다시 말을 잇는다. "사실은 중학교 때 선생님이 글을 잘 쓴다고 칭찬을 해서 시인이나 소설가, 아니면 선생님이 되고 싶었는데 내 꿈은 네가 이루어주었구나" 하는 말에 아들은 크게 웃는다. 그 웃음의 의미는 무엇이었을까. 어머니에게 그런 꿈이 있었다는 말이 낯설게 느껴져서일까. 아니면 꿈과는 전혀 다른 모습으로 살아가고 있는 어머니에게서 자신의 미래를 보는 것 같은 서글픔 때문이었을까. 웃고는 있었지만 눈빛에는 안개처럼 우수의 그림자가 짙게 드리워지는 것을 나는 놓치지 않았다.

이처럼 사람의 마음속에는 꿈이 하나씩 들어 있는지도 모른다. 일상적으로 되풀이되는 하루하루를 살면서도 한편으론 기적 같은 일들을 꿈꾼다. 아이나 어른이나, 내일을 기약할 수 없는 환자까지도, 모진 겨울을 견뎌내는 겨울나무들처럼 봄이 오면 어김없이 꽃을 피우고 잎을 틔우리라는 소망으로…. 오늘보다 내일은 나아지리라는 믿음 속에 살지만, 누구도 장담할 수 없는 것이 내일이다. 하지만 가슴에 품은 그 한 조각의 희망이 팍팍한 현실을 견디어 낼 힘과, 다시 일어설 수 있는 용기를 주지 않던가.

　내게도 그런 꿈을 꾼 때가 있었다. 6·25전쟁이 일어났던 그해 3월, 중학교에 입학하고 나서였다. 1학년 매(梅)반이었던 것 외에 담임선생님의 이름도 기억나지 않지만, 오로지 '공학저'라는 이상한 이름을 가진 국작(國作) 선생님과 첫 시간에 배웠던 박인로(朴仁老)의 시조는 언제나 또렷하게 남아 있다.

　　반중(盤中) 조홍(早紅) 감이 고와도 보이나다
　　유자(柚子) 아니라도 품음직도 하다마는
　　품어가 반길 이 없을 새 글로 설워하나이다
　　　　　　　　　　　　　　　　—박인로 「조홍시가(早紅詩歌)」

　이 시조는 지은이가 한음 이덕형을 찾아가 조홍 감을 대접받았을 때 '회귤(懷橘)고사'를 생각하고 돌아가신 어버이를 슬퍼하며 지은 것이라고 한다. 선생님은 부모님이 살아 계실 때 효도를 다하라는 말로 수업시간을 마치시고는, 그 자리에서 각자 시 한 편을 써서 내라고 하셨다. 그런데 다음 시간에 선생님이 칠판에 쓰시는 시는 놀랍게도 지난 시간에 내가 써서 제출했던 바로 그 글이 아니었던가. 그 때까지 아무 꿈도 없었던 철부지가 선생님의 작은 칭찬에 영화 속의 그 어머니처럼 시인이나 소설가가 되고 싶다는 꿈을 가지게 되었다. 그러나 기다리던 국작 시간은커녕 전쟁의 소용돌이 속에 학교의 문은 굳게 닫혔고, 꿈을 잊은 채 세월은 무척이나 빨리 흘러갔다.

언제부터인가, 자식들이 하나 둘 내 곁을 떠나고 지명(知命)을 넘기고서야 까맣게 잊은 줄 알았던 꿈 하나가 슬며시 고개를 내밀었다. 어린 시절에 받아 본 유일한 칭찬이어서 그랬을까, 아니면 내게 오랫동안 잠재해 있던 꿈이 되살아난 것일까, 뒤늦게 글공부를 시작하게 된 것이다. 그러고 보면 꿈은 흐르는 세월 속에 부대껴 마모되고 변해가기는 하지만, 뿌리째 뽑히거나 흔적마저 사라지는 것은 아닌 모양이다.

겨울은 춥고 지루하기만 했어도 주인공 현우에게도 봄은 오고 있었다. 아름다운 희망을 보여준 관현악부 학생들, 비록 오케스트라 단원은 되지 못했지만 트럼펫 선생으로 살아가게 될 현우가 헤어졌던 애인을 다시 만날 희망에 부푼다.

벚꽃이 흐드러지게 핀 봄날, 현우의 환한 얼굴 위로 테마곡의 선율이 잔잔하게 일렁인다. 그 감동적인 장면에서 나는, 버리지 않은 꿈은 아름다운 것이라고 말하고 싶어 한 내 아들의 봄을 또한 보았다.

나의 계절에도 꽃 피는 봄이 올까.

(2005.)

바하마 크루즈Bahama Cruise에서

선생님,

플로리다 동쪽에 위치한 캐나배럴 항(canavial port), 케네디 스페이스 센터가 바로 근접해 있는 유람선 선착장입니다. 여행을 떠나기 참으로 좋은 계절인 것 같습니다. 미국을 상징하는 우람한 곡선의 옥 트리(Oax Tree) 사이에 하늘을 찌를 듯 높고 곧게 자란 해송의 숲은 섬처럼 우뚝하고, 이러한 초록 속을 헤집고 하얗게 피어난 꽃들이 구름처럼 부풀어 사위가 온통 눈이 부십니다. 플로리다의 봄이 가장 아름답다는 말은 틀리지 않는가 봅니다. 참 인사가 늦었습니다. 건강은 여전하시겠지요? 서울을 떠난 지 벌써 한 달이 지났나 봅니다.

도시를 연결해 주는 페리나 금강호가 승선 경력의 전부인 제게 환타지(Fantasy)호의 위용은 대단했습니다. 우선 위압감이 느껴지더군요. 세 시간을 달려온 둘째 내외와 손자들을 뒤로 하고 승선을 하는데 마치 신대륙에 도전하는 용사처럼 기쁨보다 두려움이 앞섰습니다. 얼떨떨한 가운데 출입국 관리소를 거쳐 V25의 방 번호를 받고 여장을 풀었습니다. 넓은 유리창밖으로는 대서양의 푸른 파도가 일렁이고 발코니 창문 사이로 불어오는 바닷바람에 커튼이 살며시 흔들리고 있었습니다.

출항 시간은 아직 멀었는데 배 안에는 벌써부터 수영하는 사람, 먹고 마시는 사람들로 분주했고, 2개의 전망 엘리베이터와 4개의 일반 엘리베이터는 수없이 승객을 실어 나르고 있었지만 모두가 백인들뿐이군요. 하나 지구촌 어디를 가도 한국 관광객은 넘쳐나고 있음을 알기에 2천 명에 가까운 승선객 가운데 한국인이 한 명도 없으리라고는 생각지 않습니다. 대형 식당에서 두 차례로 있을 만찬 시간을 기대하며 방으로 들어서는데 기적 소리도 내지 않고 7만 톤의 육중한 몸이 미끄러지듯 출범을 시작했습니다.

안내된 좌석에는 세 쌍의 노부부가 벌써 앉아 있었습니다. 여행하는 동안 우리와 함께 지낼 사람들인 모양입니다. 한국에서 왔다고 하니 모두 깜짝 놀라면서 미국에 살고 있는 한국인이냐고 묻더군요. 멀리서 오긴 온 모양입니다. 미시간과 서부에서 왔다는 부부는 어느새 십년 지기나 된 듯 호들갑을 떠는데 꾸어다 놓은 보릿자루처럼 앉아서 그들 이야기에 귀 기울이기보다 어디 한국 사람이 없나 두리번거리느라 모처럼 먹어 본 아바카도 수프도, 진기한 해물 요리의 맛도 제대로 음미하지 못했습니다. 후식으로 레몬 셔벗을 먹고 일어나 "굿나 잇!"을 되풀이했지만 어쩐지 뒷머리가 뻐근한 게 혈압이 오르는 것만 같았습니다. 순간 잘못 온 게 아닌가 하는 생각이 미치자 자신이 한심하게 느껴지더군요. 한국인을 만난다고 여행이 달라지는 것도 아닌데 말입니다. 그간 이질적인 언어의 리듬으로 겪은 소외감 때문인지 구수한 우리말을 자유롭게 구사하고 싶었던 모양입니다.

프리 포트(Free Port)입니다. 진홍의 유두화와 노란 미모사가 남국의 열정을 토해내고 있습니다. 정돈된 도시는 아니지만 석회석처럼 곱고 흰 모래사장과 에메랄드 같은 물빛이 압권이었습니다. 프랑크톤이나 물새들의 그림자까지 비추며 바다는 온갖 색깔을 화려하게 뿜어내고 있었습니다. 그러나 원시의 신비를 간직한 섬에 즐비한 주류 면세점이나 보석상들은 어울리지 않았으며 차라리 재래시장에서 흑인의 거무튀튀한 손으로 만드는 텁텁한 망고 주스나 일 불짜리 열대 과일 조각들이 오히려 마음에 들더군요.

선생님, 관광을 끝내고 들어서다 놀라서 그만 계단을 헛디딜 뻔했습니다. 좀전의 핫팬츠나 비키니 수영복은 사라지고 완전히 영화 「타이타닉」에서 본 만찬장으로 변해 있었습니다.

참으로 장관이더군요. 턱시도나 정장, 눈부시게 반짝이는 비즈의 이브닝드레스를 입은 남자와 여자들은 모두가 은막의 배우 같았습니다. 선장이 초청하는 칵텔 파티에 이어 오늘 만찬은 정장 차림을 해야 된다는 것을 알았지만, 파티복이 따로 없는 우리에게는 아득한 거리감이 느껴지더군요. 물론 드레스를 대여하는 곳도 있었지만 그러고 싶지 않았습니다. 한복이나 한 벌 가져 왔더라면 좋았을 텐데 원피스 차림의 내 모습이 초라하고 볼품이 없더군요. 식사를 하면서도 그윽한 눈빛으로 마주 보며 키스를 해대는 그들 가운데 우리 부부는 완전한 이방인이었습니다. 만찬이 끝나자 배와 일몰을 배경으로 사진을 찍는 그들의 늘씬한 체격과 큼직한 윤곽, 거기에 우뚝 솟은 콧날이 그들의 자존심을 한껏 높여 주는 것 같아 한없이 부럽고 자꾸만 왜소해지는 느낌을 떨칠 수가 없었습니다.

낫소(Nassou)는 뉴프로비던스 섬의 북동 해안에 있는 항구 도시로 세계적인 휴양지입니다. 지명은 영국왕 윌리엄 3세의 가명에서 따 1690년대부터 불리게 되었다고 하며 1729년까지도 도시 계획을 하지 않았는데 지금은 유럽을 방불케 하는 아름다운 도시로 보석상들과 세계 유명 브랜드가 줄을 잇고 있습니다. 이곳에 별장을 가진 세계적인 부호나 관광객이 아니면 그림의 떡일 텐데 말입니다. 원주민의 대부분은 흑인이지만 선착장에 그득한 영국, 미국, 파나마 국적의 유람선들을 보니 이해가 가더군요.

기후는 온화하고 본래의 시역(市域)은 작지만 유명한 건축물인 성채가 세 곳이나 되며, 파라다이스 섬에는 마이클 잭슨이 공연했다는 대형 호텔과 카지노, 골프장과 별장들이 해안을 따라 멀리까지 뻗어가며 그림처럼 떠 있었습니다. 지상 낙원이 바로 이런 곳인가 하는 생각이 들었습니다.

상가에는 중국의 자수로 된 수예품과 옷들을 파는 대형 매장이 서너 개나 있었으며, 일본의 많은 중고차들이 콜택시로 성업(盛業)중이었습니다. 한국의 상품은 전혀 눈에 띄지 않았습니다. 우리의 고유한 상품도 선보이면 외교에도 도움이 될 텐데 말입니다. 관광을 하면서도 내내 생각이 거기에 미쳤습니다. 이렇게 많은 관광객이 오는데 한국어로 안내하는 차가 한 대만 있어도 얼마나 좋을까. 신경을 곤두세워야 한두 마디 알아듣는 말을 앞에 서서 귀를 바짝 대보지만 답답한 건 여전하더군요. 그래서 한국 관광객이 없는지도 모르겠습니다. 그러나 남국의 하늘과 물빛이 너무 고와 답답함도 투명한 바람에 날려 보내고 이 섬에 올 수 있었던 행운에 감사하기로 마음을 바꾸었습니다.

오늘 밤 브로드웨이 쇼에서는 「오페라의 유령」을 들었습니다. 오래 전, 뮤지컬에서 주연을 맡았던 '크리스틴 다에' 만큼의 목소리를 지닌 가수는 아니지만 망망한 대해에서 듣기에는 손색이 없었습니다. 12시에 마술쇼가 끝나고 나면 파스타 페스티발이 있다지만 그 흔한 음식도, 주체할 수 없는 풍요로운 문명의 이기도 다 누릴 수가 없군요. 체력도 문제지만 많이 먹고 놀아본 사람들만이 가능한 모양입니다.

캐리비안 씨(Caribbean Sea)를 지나 다시 대서양으로 긴 항해가 시작됩니다. 바다가 크다는 느낌이 뿌듯하게 차오르면서, 시야를 가로막는 섬 하나 없는 수평선이 직선이 아니라 좌우가 반원으로 휘어져 지구가 둥글다는 것을 새삼 느끼게 됩니다. 밖으로 나갈 수 없는 오늘은 이름 그대로 'Fun Ship'이 되는가 봅니다. 수영, 에어로빅, 댄스, 노래 자랑, 골프, 탁구, 장기 자랑의 종류도 다양합니다. 저희는 조리실을 공개하는 종목을 신청했습니다. 일주일의 부식 양은 상상을 초월케 했습니다. 달걀이 만4천 파운드로 으뜸이고 육류와 생선, 꽃의 구입 양도 엄청났습니다. 넓은 대륙만큼이나 그들의 저력이나 물질 모두가 풍부하다는 생각이 들었습니다.

선생님, 짧은 여행이었지만 세상은 넓고 배울 것은 끝없이 많다는 생각이 들더군요. 말을 시작하면 쏟아지는 질문이 두려워 모른 체해도 등을 톡톡 치며 오늘은 어떠했냐고 물어옵니다. 오랜 역사와 전통도 없이 많은 인구 중 소수의 두뇌가 이끌어간다는 미국이지만, 그들의 여유와 미소, 질서를 지키는 문화는 언제 보아도 부럽습니다. 두려웠던 순간들도 시간이 지나자 느긋해지며 가족처럼 가까워지더군요. 이 모두가 새로운 풍물이 주는 자연과 넓은 세상에서 배우게 되는 음덕이라 생각했습니다. 바다가 베풀어주는 휴식과 여유, 가슴으로 읽은 아름다운 풍광, 여기저기 기웃거리며 보고들은 이야기들로 뭔가 근사한 편지를 쓰고 싶었지만 잘 되지 않는군요. 비둘기가 사열을 하듯 갑판 위를 맴돌고 있습니다. 육지에서 여기까지 날아 올 리는 없고 저희와 같은 배의 가족인 모양입니다.

바다는 여전히 거대한 침묵으로 정지된 듯 흘러갑니다. 돌이켜보니 언어의 장벽이나 다른 인종과 문화가 주는 이질감에서 오는 외로움이 아니라 인간은 원초적으로 고독한 존재임을 드넓은 바다가 깨우쳐 준 모양입니다.

선생님, 어제 서울에 전화를 했더니 황사로 초등학교가 휴교라는 말을 들었습니다. 저 혼자만 투명한 대기 가운데 있음이 너무 죄송합니다. 건강 조심하시고 뵈올 때까지 안녕히 계십시오.

(2002.)

연민

오랫동안 길들여진 안락한 침대는 아니지만, 그런대로 두세 개의 이불을 깔아 놓은 잠자리가 불편하지만은 않다. 어둠 속에, 세상의 존재한 모든 사물이 깊은 휴식에 빠졌으므로 누웠을 뿐, 좀처럼 잠이 오지 않는다. 봇물처럼 퍼붓던 잠은 어디로 사라진 것인지, 내 집이 아니라서만은 분명 아니다.

플로리다의 북쪽에 위치한 작은 도시 게인스빌, 둘째가 학위 과정을 밟고 있는 곳이다. 이따금 프리웨이를 달리는 차량의 소음이 있기는 해도 잊혀진 듯 고즈넉하다. 긴 여독으로 피곤은 쌓이는데 잠은 오지 않고 애써 감고 있는 동공으로 어지럽게 펼쳐지는 상념의 나래들, 며칠 전 내 것이었던 행복했던 순간들이 아득히 먼 옛날처럼 느껴진다.

눈을 뜨면 집안 깊숙이 파고들던 눈부신 햇살이 피서지의 아침처럼, 차단되지 않은 강렬함이 좋았다. 여름이면 푸르름 가득한 빛깔로, 가을이면 곱게 물든 감나무 잎새의 매끄러운 청결함으로 사철 고운 옷을 바꿔 입으며 사계의 변화를 다른 양상으로 품어주던 내 집, 그리고 거실, 따끈한 커피나 사과 주스로 아침을 열며 음미했던 여유는 어디에 두고, 유배지인 양 외로운 이곳에서 긴긴 밤을 지새야 하나. 곧 새벽이 온다고, 동이 트인다고 무엇이 달라질 수 있는 하루인가. 깨어 있는 무료보다 어둠이 낫기에 누웠을 뿐 고통과 기다림을 동반한 무료가 더욱 사람을 지치게 한다.

이곳에 온 지 겨우 1주일이 지났는데 몇 달은 지난 느낌이다. 거실에서는 잠 못 이루는 남편이 틀어놓은 요란한 TV소리가 무겁게 가슴을 짓누른다. 내 마음이 이러한데 남편의 심정은 오죽할까. 뼈를 깎는 아픔이 예서 더 클 수는 없을 것이다.

지난 20여 년, 아니 국영기업의 10년을 합해, 30년이 넘도록 해운업만을 천직으로 알고 혼신을 다해 키워 온 선박 회사. 내실이나 외형으로도 인정받던 지중해 정기 노선인 회사가 걸프전으로 치명적인 타격을 받더니 엎친 데 겹친 듯 상해에서 코코아를 싣고 알제리아로 간 두 척의 배에 문제까지 생겼다니 얼마나 안타까울까.

오일 파동 속에서 지중해의 새로운 항로 개척이라니 어느 정도 어려움을 겪고 있는 줄은 알았지만, 밖의 일과 나는 무관

했으며, 20여 년의 안정된 생활과 남편이 쌓아올린 공적이나 능력에 대한 믿음으로 추호의 염려도 하지 않았다. 오히려 작은 회사보다 보너스가 적다며 회사 경기 좋을 때 언제 봉급 더 준 적이 있느냐고 짜증을 부리던 어리석은 아내였다. 돌이켜 생각해도 샐러리맨의 아내처럼 살아왔는데 힘든 일을 당하고 보니 분명 기업인의 아내였다. 샐러리맨이 어떻게 좋은 집에 살 수 있느냐고 묻는다면 대답이 궁할지는 몰라도 주어진 봉급으로 아이들 키우며 저녁 식단을 걱정하는 보통의 아낙으로 살았으며 분수에 넘치는 생활은 기억에 없다.

간혹 주위에서 사업이 번창하면 자식이라도 속을 썩이는데 어떻게 아이들이 공부까지 잘 하느냐며 부러워했다. 남의 입에 오르내리는 것이 달갑지는 않았지만 듣기 거북하지도 않았으며 내심 우리가 이룬 것보다는 잘 자라준 아이들에게 감사하며 살아온 나다.

황급히 학교를 다녀온 둘째아이가 우리를 위로할 양으로 서둘러 밖으로 데리고 나왔다. 플로리다의 하늘은 여전히 푸르렀다. 사람의 인기척에 오수를 즐기던 자라 떼가 놀라 푸드득 움직이기 시작하고, 늪가에서 휴식을 취하던 악어가 화가 나서 눈을 뜬다. 유난히 목이 긴 이름 모를 새들은 호숫가에 한가롭고 세계 제일의 휴양지임을 자부하기에 손색이 없다. 그러나 천혜의 자연도 지금 우리에겐 아무런 감흥을 줄 수 없으며, 그 후덕에도 매료되지 못한다. 물기 없이 말라 가는 마음에 초조와 불안만이 더 큰 깊이로 쌓여갈 뿐이다.

둘째아이는 갖은 노력을 다하는 눈치였다. 전에 인상 깊게 보았던 여러 장소를 찾아 우리를 안내했다. 모두가 헛수고임을 너무도 잘 알면서도

오크트리의 웅장하고 멋진 선으로 장관을 이룬 운치 있는 거리도, 일몰이 일품이던 템파베이, 카리브해를 가로지르며 석양에 한 줄기 시처럼 펼쳐졌던 피터스버그 다리의 황홀함마저도, 검은 구름에 덮여 있는 모습이 섬뜩하게 느껴진다. 구경도 싫고 집에만 가고 싶었다. 서울에서 반가운 전화가 기다리고 있을 것만 같았다.

그러나 집에는 소식 대신 저녁상만 우리를 기다리고 있었다. 깔깔한 입맛에 밥맛이 있을 리 없다. 모래알 씹는 기분이라는 것을 지명을 훨씬 넘긴 이제야 알 것 같다. 애타게 전화를 기다리다가도 요란한 벨 소리에 놀라 새가슴이 된다. 주님은 공평하신 분이니 유독 우리에게만 기쁨을 주실 수는 없을 것이다. '산이 높으면 골도 깊은 법'이라는 평범한 진리 앞에 엉뚱한 여유도 부려본다. 곧 좋은 소식이 오겠지. 오랜 장마 뒤에 세상과 하늘이 맑게 씻기고 나면 햇살은 선도를 더해가며 눈부시지 않던가.

어제의 긴 밤이 지나고, 다시 어둠을 잉태한 또 다른 밤이

시작된다. 서울에서의 편안한 밤이 그립다. 부담 없이 주고받던 친구의 전화가 그립고, 저녁 나절 만군을 제압한 승리자의 목청으로 떠들고 지나가던 술 취한 행인들의 소음마저도 기다려진다. 다시는 돌아갈 수 없을 것 같아 그립기만 하다.

곁에 누운 남편이 어쩌다가 10분, 20분, 짧게 코고는 소리가 요란하다. 지금 내겐 시끄럽기보다 안도와 평온을 주는 아름다운 멜로디로 들리며, 그 소리가 오래오래 계속되기만을 기다린다. 숨죽이며 돌아눕지도 못하는 마음은 사랑과 미움을 넘어선 오랜 부부의 연민인가 보다. 오늘 밤은 편안하게 긴 잠에 빠지고 싶다.

새잎을 피우기 위해 묵은 잎을 털며 아파하는 겨울나무들처럼 지금 겪고 있는 남편의 어려움도 감사할 줄 아는 보다 성숙된 삶을 위함이라 믿자.

조각과 소나무가 어우러진 행복한 울 안으로 바람처럼 떠나고 싶다. 귀뚜라미 소리에 귀를 열며 따가운 가을 햇살에 모과처럼 내 마음도 노랗게 익히고 싶다.

(1993.)

졸업식장을 나서며

손자의 졸업식 날이다. 입춘이 지난 지 한참인데도 옷섶을 파고드는 바람이 한겨울처럼 매섭다. 교정을 향해 빠르게 발걸음을 옮길 때마다 꽃다발에서 새어 나오는 '카사브랑카'의 향기가 칼칼한 공기만큼이나 상큼하다.

어느새 강산이 세 번이나 바뀌었으니 28년 만에 들어서는 교정이 사뭇 궁금해진다. 이곳은 평준화가 시작되던 바로 그 해에 오늘 졸업하는 큰손자의 아비인 첫아들이 입학을 하고 졸업을 한 학교다.

아직 시간이 이른 탓인지 교정은 한산했고, 언덕에 위치하고 있어 전망은 여전히 시원스럽다. 거목으로 자란 은행나무가 지금은 잎사귀 하나 달지 않은 나목이나 회색의 석조 건물과 어울려 전보다 훨씬 우람해 보인다. 급하게 강당으로 들어서려니 졸업 예행 연습중이라고 한 교사가 친절하게 우리를 교실로 안내해 주었다. 기쁜 마음에 너무 서둘렀는가 보다.

그러나 이게 어찌된 일인가. 새롭고 쾌적한 환경으로 변했으리라 기대했던 교실은 긴 세월의 덧칠로 더 낙후되어 있었다. 발전은 고사하고 수리 한 번 하지 않은 것 같은 모양이다. 환기가 되지 않는지 겨울인 지금도 화장실 냄새가 교실까지 스며드니 여름이면 오죽할까. 학교 주위는 눈부신 발전으로 고층 건물들이 수없이 들어서고, 언덕을 오르는 양옆의 달동네도 거의가 아파트 단지로 바뀌었는데 청소년들이 꿈을 키우며 공부해야 할 교육의 전당만은 왜 이런 열악한 환경 그대로 멈추고 있단 말인가. 과외 공부만 중시하고 학교에 와서는 졸기만 한다는 요즘의 교육 실정을 오늘 비로소 실감하게 되었다.

천장과 벽은 페인트칠이 벗겨진 지 이미 오래고, 책상과 걸상은 제대로 된 것 하나 없이 온통 칼자국과 낙서투성이다. 문짝마다 손잡이 장식은 아예 통째로 떨어져 구멍이 나 있고, 교실 뒤쪽 게시판에는 언제 붙여 놓았는지 모를 사진이나 그림들이 반쯤은 떨어져서 덜렁거리고 있었다. 바닥에는 체육복인지 걸레인지 알 수 없는 쓰레기들이 널려 있어 사용하지 않는 교실인가 하는 생각이 들었지만 가방이 있는 것을 보면 그런 것도 아니었다. 난로 옆에는 바닥보다 더 검고 지저분한 청소

도구가 눈길을 끌어 얼른 외면하고 말았다.

졸업식장도 두서 없기는 마찬가지였다. 그런 한심한 교실을 보고 나오면서 이미 멋진 의식을 기대하지도 않았지만 번호표 나누어 받듯 상장과 졸업장을 건네 받는 주인공들은 그야말로 아무 느낌이 없는 듯이 보였다. 교장 선생님이 훈화를 하는 중에도 시끄럽기는 여전했다. 정든 교정을 떠나는 석별의 정은 커녕, 섭섭한 기색도 없이 「스승의 은혜」를 불렀지만, 수백 명 학생들의 소리보다 확성기를 통해 들리는 음악 선생님의 목소리만이 크게 장내를 울린다. 송사도 답사도 이미 사라진 의식이 끝나고 북새통 속에 이리저리 치이면서 사진을 찍다가 뿔뿔이 흩어져 갔다.

아들 2대(代)에 걸친 졸업, 잠까지 설쳐가며 기다렸던 졸업식은 감동은커녕 씁쓸함을 떨칠 수가 없었다. 이런 환경에서 공부한 학생들이 과연 모교에 대한 애정을 얼마만큼이나 갖게 될까. 물론 편리한 시설을 고루 갖춘 환경을 바라는 것은 아니다. 다만 한창 자라는 아이들에게 청결한 교실만은 우선이 되어야 하지 않을까. 한 달씩이나 하는 방학 동안에 페인트칠이라도 해서 깨끗한 환경을 만들어 주든지, 그런 경비도 없는 학교라면 교사보다 키가 크고 장정이 다 된 학생들에게 수성(水性) 페인트칠이라도 시킬 수는 없는 것일까.

오래 전에 교육 사업을 시작한 친구의 말이 생각난다. 그들

부부는 원대한 꿈을 안고 교육 사업을 시작했으나, 사립은 정부의 지원도 적고 운영에 어려운 점이 많다는 이야기를 들은 적이 있다. 게다가 교원 노조는 심하고, 요즘 학부형들은 학생들에게 조금만 체벌을 가해도, 아니 청소만 시켜도 항의를 한다고 하지 않았던가. 그렇다면 학생들에게 페인트칠을 시킨다는 것은 가당치도 않은 일일 것이다. 그러면 왜 청결하지 못한 환경은 나무라지 않는지 모르겠다. 친구 남편은 교장직에서 물러났지만 자신이 설립한 학교이기에 교정을 돌아보며 휴지라도 주우려고 오라지도 않는 학교에 매일 출근을 한다고 한다. 그런 남편을 바라보기가 딱하다는 친구의 말이 오늘따라 가슴에 와 닿는다. 적어도 설립자나 재단에서 그런 애정을 갖고 학교를 돌본다면 이보다 나은 환경에서 공부할 수 있지 않을까.

먼지만 풀풀 날리는 교정을 서둘러 나오면서 학생들은 무슨 생각을 할까.

졸업 시즌만 되면, 아니 졸업 시즌이 아니라도 내겐 언제나 기억나는 한마디 말이 있다. 오십 년이 지난 지금도 잊혀지지 않는 그 단어 "대망(大望)을 가져라!(Be ambitious)" 이것은 내가 고등학교 졸업식을 앞둔 며칠 전에 교장 선생님께서 들려준 말이다. 평범한 주부로 평생을 살아왔지만 한 번도 그 말을 잊은 적이 없다. 대망을 가져도 분수에 넘치지 않는, 자기 그릇

만큼의 야망을 꿈꾸며 살아가라고 가르쳐 주신 교훈이라 믿으며… 그렇게 말씀하시던 선생님의 음성까지는 기억할 수 없지만 칠판에 멋지게 쓰셨던 그 필체는 아직도 눈에 선하다. 오늘 졸업하는 손자도 비록 좋은 환경에서 3년을 보내지는 못했지만, 세상을 살아가면서 소중하게 기억될 좌우명 하나는 간직했으리라는 바람을 갖고 교문을 나선다.

봄도 멀지 않은 길목에서 다시 손자의 빛나는 입학과 푸르게 가꿔 갈 내일을 기대해 본다.

(2003.)

나의 꿈나무

너는 눈부신 가을날 태어났다. 나직하던 하늘은 호수가 된 듯 높고 푸르며, 들녘에는 오곡 백과가 탐스럽게 익어간다. 거리마다 노란 은행잎은 동화의 나라처럼 꿈속 같고 바람소리 강물 소리도 영글어 선명하게 들려오는 아름다운 계절이다. 어미가 긴긴 여름을 태교로 힘들게 보낸 것도 가을 출생을 위함이며, 가을 출산이야말로 산모나 아이에게도 축복이란다. 이러한 가을의 복록을 고루 갖추고, 너는 '지수(志修)' 라는 이름으로, 또 외손녀로 내게 왔단다.

지수야, 9월 26일 오전 11시 31분, 어미는 새벽부터 이는 진통을 참아내다가 아홉시경 분만실로 들어갔고, 할미는 대신할 수 없는 안타까움에 고문과도 같은 긴 시간을 참아야 했다. 완벽한 방음으로 통제구역 밖, 숨막히는 정적은 바다 속 같고,

때 아닌 바람이 수런거리며 창을 흔들어 더욱 산란했다.

열두 시가 좀 지나서야 네가 태어났다는 순산의 소식을 들었고 '주님 감사합니다.'라고 기도를 되풀이하며 올려다본 하늘은 어느새 바람이 걷혀 푸르기만 하더라. 내가 물려준 고통을 네 어미가 이어 받고, 다시 네게 물려주게 된 것이 안타까웠지만, 잉태와 출산은 생명의 경이와 보람을 확인시켜주는 여자만의 특권이란다.

3.05Kg의 가벼운 체중에도 너를 안은 두 팔은 떨렸고, 이불 속 깊이 감춰진 너의 체온은 빠르고 뜨겁게 내 혈관으로 전해졌다. 한참 후에야, 처음 태어나던 때의 어미와 네 모습이 혼동될 만큼 세월의 빠름을 느꼈고, 마치 흐르는 강물처럼 자신의 일부가 새로운 것을 받아들이면서 영원히 늙지 않고 이어가고 있다는 생각이 들었다.

오뚝한 콧날 꼭 다문 입은 조각처럼 정교하고, 고슴도치 사랑일까, 세상에 존재하는 어떤 아름다운 것과도 비교할 수 없었다. 순간, 외며느리인 어미가 시부모님께 첫 손자를 안겨 드렸으면 좋았을 것을 하는 생각이 스쳤지만, 첫딸은 세간 밑천이라는데 다음에 남동생을 본다면 더 사랑받는 일이라고 마음을 바꾸었다.

아이가 태어나서 처음 듣게 된 말은 평생 아이의 기억에서 지워지지 않는다고 들었다. 하나의 인격체로 주변에 말을 잘 알아듣기 때문에 조심해야 한다고도 들었다. 하지만, 짧은 순간에 할미의 이런 마음까지는 읽지 못했을 테지.

육체의 언어밖에 모르는 아이도 사랑의 말과 손길로 길러야 할 것이다. 우리가 이렇게 따뜻한 마음을 지닐 수 있는 것도 부모님의 자애 넘친 사랑의 힘이라 믿으며, 기쁨으로 태어난 네가 축복 속에 무럭무럭 자라기를 기도한다.

지수야, 네가 퇴원하던 날은 세상에 부러울 게 없더구나. 딸이 아빠를 닮으면 잘 산다는데, 아빠를 빼어 닮은 너를 안고 보니 쌔근쌔근 잠든 모습은 천사 같고, 부모가 된 네 아빠와 어미는 며칠 새 더욱 의젓해 보이더라. 너의 출산을 축하하기 위해 보낸 꽃들을 가득 싣고 병원을 나서니 가을 햇살은 눈부시고 한줄기 바람에 꽃향기가 밀려온다. 거리마다 그득한 햇과일은 풍요롭고 높은 가지에 따다 남은 감과 대추가 가을의 정취를 더해주더라. 꽃이 진 자리에 씨가 여물어 열매를 맺듯, 아빠 엄마의 사랑에 씨앗으로 잉태되어 우리 곁에 온 보물이 아니더냐. 기쁨의 눈으로 본 세상은 참으로 흠잡을 데가 없더구나.

집에 돌아와 너를 눕히고 보니 사방이 너를 맞이하기 위한 준비물로 허술한 구석이 없었다. 벽에는 도널드 덕의 장식이 붙어 있고 침대 위에는 예쁜 모빌이 돌아가고… 장농 서랍에 넣어둔 눈처럼 하얗게 삶아 빤 옷이랑 기저귀는 얼마나 정겹

던지. 깃털처럼 포근한 요람, 목욕 그릇, 파우더, 비누, 액자, 어느 한 가지도 소홀함이 없더구나. 너를 위한 어미의 정성이 대단하니 네가 고운 꿈꾸기에 충분했다.

지수야, 너는 대가족 속에 태어났다. 할아버지와 할머니, 두 고모님과 고모부, 그리고 사촌오빠와 두 언니가 있다. 유종이 오빠는 병원에서도 너를 안아 주고 싶어하더라. 외가로도 할아버지, 이 글을 쓰는 할미, 세 외삼촌과 외숙모, 그리고 세 오빠와 언니가 있으며 너의 출생을 고대하시는 진외증조 할아버지와 할머니가 지극한 사랑으로 너를 만날 날을 손꼽으신단다. 얼마나 멋진 출발이냐.

사람에게는 누구나 자신만이 간직한 유년의 영토가 있다. 그 영토가 푸르고 아름다울수록 삶의 질은 높아가고 여유로워진단다. 사랑을 듬뿍 받고 자란 사람이 가족과 이웃을 크게 사랑할 줄 아는 것도 같은 맥락이라고 본다.

며칠 전, 거리에서 겨우 걸음마를 시작한 아이와 만났다. 챙이 긴 모자에 등에는 손바닥만한 배낭을 멘 모습이 앙증맞은 게 아기 공주 같더라. 미래에 네 모습을 보는 것 같았다. 내년 이맘때 쯤이면 나도 네 손을 잡고 그렇게 외출을 하게 되겠구나 생각하니 지금부터 가슴이 뛰어온다.

지수야, 너무 성급한지는 몰라도 너의 성장에 대한 상상은 나를 설레게 한다. 어떤 모습으로 자랄까, 키는 클까, 온화한

성품일까, 활달한 성격일까, 이 할미가 가을 들꽃을 좋아해서
인지 가을을 닮은 기품과 향기를 가진 단아한 모습으로 자라
기를 바란다. 게다가 지혜로운 감각과 명석함으로 부모에 대
한 효는 물론이고, 자신보다 남을 먼저 생각할 줄 아는 아량과
너그러움도 갖추었으면 좋겠구나.

솔잎 떨어진 자리에 새 솔잎이 나듯 인생도 늙으면 떠나가
지만, 아주 떠나는 것이 아니라 자신의 닮은꼴에게 자리를 비
워 주기 위함이다. 내가 이루지 못한 꿈들은 네게 걸면서 길지
않은 하루 해를 넘긴다.

이 가을 혼자 있어도 외로울 사이가 없구나.

(1995.)

가을을 이렇게 살고 싶다

팽팽하게 튕기는 완자창 밖 햇살이 눈부시다. 엄청스레 쏟아 붓던 장마에 여름은 머뭇거리지도 못한 채 쓸려간 모양이다. 찻잔에 이는 소슬바람에 가을은 깊어가고 피어나는 향기에 며칠 전 여행이 그리움으로 다가선다.

후회 없는 여행이었다. 계절 속에 청정한 산빛이 좋았고, 비에 씻긴 수목은 청결하고 계곡의 물소리는 기백이 있었다. 부모님을 모신 여행이라 행복했고, 기뻐하시는 모습은 절경보다 보기 좋았다.

영주 부석사와 소수서원, 우암 송시열 서원과 희방 폭포, 월악산 미륵사지, 단양팔경의 옥순봉과 도담삼봉, 청풍문화단지와 문경새재, 충청도와 경상도를 잇는 국토 순례요, 문화유산 답사였다. 안내문에서 비문까지 읽으시던 두 분, 청풍김씨인 어머니는 청풍문화단지에서 영의정인 9대조 몽천대신 공덕비를 읽으시고 감격해 하신다. 언덕에서 내려다본 충주호는 속삭이듯 잔잔하고, 인생의 고통마저 녹아들 듯 고즈넉하다.

우리 나라 자연처럼 아기자기한 곳이 또 어디 있을까. 광활하지는 않아도 산과 계곡, 물과 바위, 나무들로 정성들여 가꾼 정원 같다. 그 소박한 모습은 선비를 닮았다. 수려한 능선은 산마다 수줍게 치맛자락을 펴 평야를 이루고, 작은 동산은 적송 한두 그루쯤 거느리고 아늑하다. 골짜기 깊숙이 자리잡은 논과 밭둑, 미루나무에도 후끈한 여름은 가고 가을 햇살이 은빛 금빛으로 살랑댄다.

느티나무 그늘 아래 일손을 쉬는 농부의 얼굴은 밝고, 뜰 앞까지 널어 놓은 빨간 고추는 풍요롭다. 평범한 시골 마을이 이처럼 마음에 스며들며 아름답게 느껴지는 것은 계절 탓일까. 아니면 작은 효도에서 오는 기쁨 때문일까. 감동이어도 좋고 뒤늦은 개안(開眼)이라도 좋다.

소수서원, 죽계로 띠를 두른 풍광이 뛰어난 백운동 자락 명헌 안향(安珦)의 서원이다. 송림 수려한 영비봉 기슭에는 정적만이 감돌고 주인 없는 적요가 우리를 감싼다. 주세붕(周世鵬)이 관찰사로 있을 때 불리던 백운동 서원을, 명종(明宗) 5년 퇴계(退溪)·이황(李滉)이 풍기 군수로 부임하면서 소수서원이라 명하였다. 명종이 친필로 사액한 현판이 나그네의 발길을 붙들고, 서원의 옛 이름을 잊지 않으려고 썼다는 이황의 필적이 무심한 죽계천 암벽에 아직도 선명하다. '인생은 짧고 예술은 길다'는 말이 물소리 바람소리 되어 들려오는 듯하다. 송림의 깊은 향과 색깔들이 유난히 신비스러워 보이는 것도 뛰어난 영혼의 자취 때문일까. 자연은 위대한 영혼을 잉태한다고 하지만, 영혼은 자연의 정기가 되어 빛나는 것인가 보다.

희방폭포 계곡에 자리를 깔았다. 소백산의 물줄기를 거두어 눈사태 같은 거품을 토해내고, 그 낙차로 생긴 고음이 산을 흔든다. 늦은 점심은 꿀맛이었다. 그늘지고 골 깊은 탓인지, 봄에 갓 핀 홑잎처럼 보드라운 연두색 작은 잎들이 식욕을 더해 주었다.

어느새 가을의 짧은 해는 뉘엿뉘엿 산마루를 돌며 햇볕을 거두려 한다. 아쉽게 엷어지는 햇살을 등에 지고 내려서는데, 길섶에 숨어 핀 가녀린 풀꽃들이 수줍은 듯 배시시 웃는다. 반가움이 샘물처럼 솟아난다. 이 작은 아름다움의 힘, 아름다움의 공유, 이처럼 작은 것에서도 넘치는 기쁨을 얻을 수 있구나.

오는 길엔 이화령을 넘었다. 땅거미에 가라앉은 산야는 뿌옇게 젖은 한 폭의 수묵화다. 숙소인 수안보 콘도를 향해 달리는 차에 몸을 묻는다. 말없이 남편이 틀어 놓은 정지용의 「향수」가 울려 퍼진다.

넓은 벌 동쪽 끝으로/ 옛이야기 지즐대는 실개천이 휘돌아 나가고/ 얼룩빼기 황소가…,/ 이것이 차마 꿈엔들 잊힐리야.

저문 산골 마을 몇몇 집에서 연기가 모락모락 피어오른다. 하던 일을 마저 끝내고 들어온 엄마가 서둘러 저녁밥을 짓는 모양이다. 향수로만 남은 어린 시절, 늘 가고 싶었던 외가 마을 풍경이다.

가을을 이렇게 살고 싶다. 언제까지나 부모님을 모시고 가을을 살고 싶다. 하기야 계절이야 무슨 상관이랴. 계절 따라 새 모습으로 변하는 강산인 것을….

창문을 활짝 연다. 완연히 자리잡은 가을이 옷깃을 여미게 한다. 국화의 향기처럼 은은하게, 손을 대면 묻어날 듯 정겨운 여행의 추억이 머물고 있다.

(1996.)

한류가 가져다 준 것

한류(韓流)라는 말을 심심치않게 들어온 지는 꽤 오래지만, 갈수록 그 힘을 실감케 된다. 한국의 영화, 드라마 등이 아시아권에서 인기를 얻기 시작하고부터 각종 연예 행사와 문화 콘텐츠를 제공하게 됨에 따라 많은 한류 스타가 탄생되고, 한류 열풍은 전례 없는 전성기를 맞고 있다. 그 가운데 일본에서 '배용준'의 위상은 상상을 초월한다.

언젠가, 그의 입국을 지켜보기 위해 7천여 명의 팬들이 공항을 메워 전 세계 언론을 깜짝 놀라게 했던 기사가 난 이후로 아직도 해협을 건너는 일본 여성들의 동경은 계속되고 있다. 배용준이 출연한 영화의 촬영지는 명소가 되고, 투숙했던 호텔이나 식당까지 관광객으로 붐빈다는 그들의 열정에 놀라지 않을 수 없다. 멀리서 잠깐 지나치는 모습을 보기 위해 장

시간을 달려오거나, 바다를 건너는 일이 어떻게 가능할 수 있을지 늘 의아했다.

비행기로 2시간이면 갈 수 있는 나라, 바다 건너 두 나라의 정서와 사고가 이렇게 다를 수가 있을까. 사춘기 소녀가 아니고서야 좋아하는 배우가 있다 해도 그것은 영화라는 한정된 틀 안에서 흠모하고 느낄 뿐인데, 그네들은 어떻게 자신이 이끄는 감정대로 행동할 수 있단 말인가. 해운업을 하던 남편 덕에 자주 다녀본 나라, 내가 만난 여성들은 예의바르고 집에서는 항상 앞치마를 두른 모습이 인상적이어서 한때는 나도 앞치마를 사 모으는 일에 열중했었는데 도무지 이해가 가질 않는다. 그들은 가정 살림에 철저한 만큼이나 자신의 감정에도 솔직한 것인지, 아니면 가정의 울타리에서 헤어나지 못했던 젊은 날의 후회 때문인지…. 가정보다는 직장이 우선인 냉철한 일본 남자에 비해 드라마에 비친 순정적인 한국 남성에게 매력을 느꼈음인가, 그것도 아니라면 섬사람의 기질일까, 궁금하던 차에 내게도 한류의 바람을 체험해 볼 기회가 주어졌다.

지난 8월 말, 동경에서 조금 떨어진 '사이다마 슈퍼 아레나' 경기장에서는 영화 「외출(April Snow)」의 상영에 앞서 이벤트가 열렸다. 배용준이 출연한 영화이기에 큰 화제가 되었고, 우리 가족은 그 영화의 음악을 맡았던 아들 덕에 참석을 하게 된 것이었다.

한류, 들던 대로 그 위력은 실로 대단했다. 교통 정체나 혼란도 없이 어떻게 이 많은 군중을 모을 수 있었는지 불가사의했다. 3만5천 명을 수용한다는 경기장은 공연 시간이 아직 1시간 반이 남았는데도 그라운드에서 3층까지 사람들로 가득 메우고 있었다. 들어서는 순간 그 질서정연한 광경은 섬뜩하기까지 했다. 일본의 한 관계자도 한두 사람의 개인이 채울 수 있는 규모가 아니라며 놀라는 눈치였다.

팬이라는 말 대신에 가족이라는 말로 정중하게 인사를 하는 배용준의 태도는 참으로 예의바르고 단정했다. 한 손을 가슴에 대고 고맙다고 고개를 숙이던 그의 차분한 음성과 눈가에는 물기가 젖어 있었다. 그 열광에 어찌 감격하지 않을 수 있었을까. 그것은 단순히 타고난 외모뿐이 아니라는 생각이 들었다. 그만의 분위기, 작품을 통해서나 만남을 통해 얻기 원하는 이미지를 정확히 인식하고, 그에 맞게 제공하는 전략과 꾸준한 자기 관리. 그 세심한 배려가 있었기에 오늘이 있지 않았을까. 공연 전, 아들의 방에 들어선 그를 보고 처음 드라마에 출연했을 때 이미 성공할 줄 알았다는 내 말에 "그러셨어요? 감사합니다."라고 말하던 정중한 태도나 안경 너머로 보이던 특유의 환한 미소가 가까이에서나 멀리서나 한결같은 매력으로 여운을 끌었다.

영화 소개와 함께 그의 인터뷰가 끝나자, 오케스트라는 연주를 시작했고, 메인 테마곡은 아들이 피아노로 연주하였다. 한동안 피아노의 선율은 장래를 감동으로 이끌어 갔다. 대형 스크린에 비친 아들의 손이 작게 떨렸고, 박자를 한 번 놓쳤다지만, 나는 가슴이 뛰고 벅차서 전혀 알지 못했다. 이렇게 영화뿐 아니라 영화 음악까지도 자연스럽게 한류에 접목되고 있다는 것이 참으로 기뻤다. 게다가 9월 말과 10월 초, 아들이 오사카와 동경에서 초청 콘서트를 갖게 된다니 한류 바람이 내 아들에게도 불 줄이야 상상이나 했던 일인가.

요즘 들어서 한국어 능력 시험이 인기를 얻기 시작한 것도 아시아를 휩쓴 한류 열풍의 덕이 크다고 한다. 동남아시아를 비롯한 각국의 한류 열풍을 타고 그 응시자가 급증하고 있다는 것이다. 한류가 단순히 대중문화의 바람으로 그치는 게 아니라 이렇게 언어 능력까지 일으키는 소중한 동력이 되고, IT 기술력과 정보화 구축 노하우는 한류 열풍을 이어가기에 충분하다.

스타를 좋아하는 기간이 비교적 길고 꾸준한 일본인의 특성처럼, 그 사람의 나라까지 알고 싶다는 소박한 바람이 이웃나라를 가깝게 만들어 가고 있는 한류. 서로 문화를 공유하고 보완하는 교류의 차원으로 발전해서 한국의 물결이 아시아를 휩쓸고 더 큰 파도가 되어 돌아올 때 진원지인 한국은 더 많은 분야에서 혜택을 누리게 되지 않을까. (2005.)

주역과 단역

　새천년이 온다고 들끓던 도시의 흥분은 가라앉았다. 오는 것이라기보다 맞이하는 것이며 새롭게 창조해야 하는 것이 새천년을 맞는 우리의 자세일 것이다. 해가 서쪽에서 뜨는 이변이 생기는 것도 아닌데, 지구촌 모두가 축제의 행사로 아우성이다. 게다가 Y_2K의 우려는 전쟁을 치를 기세다. 빈번하게 마켓을 드나드는 발빠른 시민들의 완벽한 준비성에 갈채를 보내야 할지, 과잉 반응을 나무래야 할지 판단이 서지 않은 채 세기 말은 그렇게 지나갔다.

　새해가 시작된 지도 십여 일이 지났다. 지난 3년 간 세계를 두려움에 떨게 한 Y_2K의 위기도, 국지적 사고의 염려도 사라졌고, 세상은 달라진 게 없다. 어제의 햇살도 바람도 여전하다. 남태평양의 키리바시 섬이나, 정동진으로 일출을 맞으러 떠난 사람들도 구름 속에 가린 태양에 실망한 채 일상을 찾은 지 오래다.

인간의 삶은 이처럼 도전과 대응의 역사임이 분명하다. 문명의 빠른 흐름에서 새로운 화두로 떠오른 인터넷 혁명, 아날로그에서 디지털로의 빠른 변화나, 무한 경쟁의 신지식 신기술의 세계화에 어리둥절해 진다. 세상에는 능력 있는 사람만이 아닌 부족한 사람이나, 노약자도 더불어 살아가야 할 엄연한 현존에 평범한 소시민은 소외감을 갖게 된다. 베풀며, 더불어 살아가는 공동체 의식이야말로 새천년의 진정한 화두가 되어야 하지 않을까 생각해 본다.

영동선을 달리는 차창 밖에 눈 덮인 산야가 그림처럼 곱다. 급변하는 현대의 삶 속에도 자연은 언제나 너그러운 자태로 과거와 현재를 포용하고, 정지한 듯 조용하다. 하얀 능선은 설화를 피워 순백의 아름다움을 한껏 뽐내고, 계곡의 명암은 옥으로 깎아 만든 거대한 조형물 같이 천상의 모습으로 신비하다. 겨울 나들이는 이처럼 강원도가 제격이지만, 산허리를 마구 훼손해가며 증축되는 휴식 공간이 늘어나는 것은 안타깝다. 올해도 신정(新正)을 보내고 가족 여행을 스키장으로 정했다. 스키를 타지는 않지만, 손자들을 위한 배려일 뿐이다. 전에는 처음 스키를 시작한 큰손자가 혹시 넘어지지나 않을까, 다치

지나 않을까 지켜보는 임무라도 있었지만, 이제는 내 시력으로는 찾기도 힘들게 능숙하다.

볼륨 높은 테크노 음악에 고막은 터질 듯하고 어린이들까지 보급된 핸드폰의 소음, 게다가 011, 017, 018 등 정보통신 가 건물에서 쏟아지는 선전 광고까지 기세를 더한다. 둘째네 손자손녀를 스키 초급반에 넣고 지켜보다가 하도 시끄러워 안으로 들어갔다. 실내도 아우성은 마찬가지였다. DDR의 빠른 템포에 맞춰 춤을 추는 어린이와 컴퓨터 게임으로 만원이다. 우리 세대 저 나이 때의 즐기던 놀이를 생각하려니 나도 모르게 피식 웃음이 난다. 정말 세상은 빠르게 변해간다. 다시 밖으로 나서는데 해를 등지고 선 한 노인이 눈에 들어온다.

이곳에 전혀 어울리지 않는 복장에 쓸쓸한 표정, 그도 스키 학교에 넣은 손자를 지켜보고 있는 동병상련의 모습이다. 젊은이의 천국에 끼인 늙은이의 모습이야말로 불협화음이다. 외로운 모습이 안쓰러워 돌아서려다가 깜짝 놀랐다. 젊은 날에는 은행 이사로 금융계에서 많은 활약을 하던 사람이었다. 두 아들을 반듯하게 키워 성공시킨 사람이지만, 몇 년 전 상처(喪妻)하고 아들과 함께 산다는 이야기를 들은 적이 있다. 이제 그의 무대는 끝나고, 아들들이 주역이 된 무대에서 그도 손자들을 위해 가족 여행을 스키장으로 온 모양이다. 순환의 질서를 이어가는 같은 세대의 그림이다. 그런데, 어째서 설경을 안고 선 노인의 그림이 저리도 서글퍼 보이는 것일까.

부모가 자손의 재롱을 지켜보는 일보다 더 즐거운 일은 없겠지만, 숙성이 덜 된 인격 탓인지, 주역에서 단역으로 넘어오게 되는 과도기 탓인지 까닭 없이 쓸쓸하다. 자신의 것이 아닌 대리 만족에는 모성본능의 지극한 사랑도 무한대로 솟구치지는 않는 모양이다. 저 노인의 외로운 모습에 맞물린 부질없는 생각들이 나를 더욱 혼란스럽게 만든다.

"할머니!" 하고 부르는 소리가 들린다. 작은 몸에 큰 스키화를 신고 늠름하게 걸어오는 큰손자의 모습이 의젓해 보인다. 조금 전 혼란스럽던 생각은 사라지고 바닥난 것 같았던 사랑이 샘솟듯 솟구친다. 주역과 단역의 차이도 종이 한 장 차이인 것을…. 주역의 막중한 임무에서 벗어나면 홀가분한 단역에 안주하게 되는 것은 인생의 순리다. 주역과 단역에 차이는 있을 수 없다. 주역으로서 할 일이 있고, 단역 나름대로의 할 일이 따로 있을 것이다.

한차례 눈이 오려는지 구름에 덮인 설산(雪山)이 몽롱한 꿈길처럼 부드럽다. 자연은 이처럼 모두에게 필요한 순리를 일깨워 주고 있다. 허욕도 털어내고 내면을 성찰할 수 있는 기회를 준다. 삶의 여정은 짧지도 길지도 않은 여행의 과정이며, 이러한 짧은 여행을 통하여 의연한 통찰을 얻을 수 있음에 감사한다.

하루가 다르게 변해 가는 세상은 불안하고 미래는 불확실해
도 언제나 뜨는 해는 눈부시고 지는 해는 아쉬운 법이 아닌가.

(2000.)

아들의 선물은 요술상자

겨울이 왔다. 가을처럼 살며시 온 게 아니고 어느 날 갑자기 들이닥쳤다. 며칠 전 거리에서 털 코트로 등장한 성급한 여인에게 눈길이 곱게 안 갔는데 오늘은 몸이 움츠려지고 종종걸음이 쳐지는 게 겨울도 깊어 가는 모양이다.

허둥대며 예식장을 드나들고, 종종걸음 친 것밖에 한 일이 없는데 가을은 서둘러 떠나갔다. 잎을 턴 나목의 가지들이 싸늘한 겨울 하늘에 간간이 떠 있는 흰 구름과 더불어 수묵화 같은 여운을 자아낸다.

12월 초, 이맘때쯤이면 우리 집은 이른 김장을 끝낸다. 땅에 묻을 수 있는 이점도 있지만, 춥기 전에 김장을 끝내고 홀가분한 기분으로 겨울을 맞는 것은 오래된 습관이다. 게다가 큰 손자의 생일이 12월 2일이므로 친구를 초대하더라도 가로 거치지 않게 하려는 것도 이유 중의 하나다.

오늘은 이른 아침부터 부산하다. 풍선을 불고, 'Happy Birthday'라고 벽장식도 한다. 앞접시와 같은 문양의 냅킨을 접으며 라자니아를 만드느라 며느리는 분주하다. 부산하게 움직이는 어미의 뒷모습에서 불현듯 옛날에 내가 보였다.

아득한 이야기다. 오늘 생일을 맞은 손자의 아비인 첫아들을 7살이 되던 해에 잘 키워보겠다는 일념으로 먼 거리에 있는 사립학교에 넣었다. 설레던 감격은 잠깐이고 스쿨버스에서 시달려 녹초가 되어 돌아오는 아들의 모습에 얼마나 가슴이 아팠던가. 그때를 생각하면 어미의 욕심이 과했던 건 아닌지 씁쓸해질 때가 있다.

그로부터 1개월이 지나서였던 것으로 기억된다. 가정 방문이 시작되었다. 그때만 해도 응접 세트가 흔치 않던 시절이었다. 그러나 가정을 이룬 후 처음 맞는 귀한 손님을 거실 바닥에 앉게 할 수는 없었다. 허영심이 아니라 선생님에 대한 존경과 예우였다. 정말 그랬었다. 고심 끝에 어느 토요일 오후 을지로에서 싱글로 된 의자 2개와 테이블을 샀다. 선생님이 방문하는 날은 남편도 일찍 퇴근을 해서 마주 앉도록 하기 위함이었다. 국영기업 박봉의 계장 월급을 가불했음은 물론이고 그 후 몇 달은 허리띠를 더욱 졸라맸던 기억이 지금도 생생하다. 하지만 고생 따위는 문제도 되지 않았으며 재벌이 된 듯 마음은 뿌듯했고, 거실은 귀빈을 모시기에 충분했다. 의자 2개의 위력은 실로 대단했다. 남편은 선생님과 마주 앉아 많은 이야기를 나누었다. 외곽에 살고 있는 우리는 선생님께 교통비를 드려야 할 텐데 어떻게 해야 할까 망설이다가, 마침 내 글이 실려있는 잡지인 『여원(女苑)』 갈피 속에 교통비를 넣고 "부끄럽지만 제 글이 여기 실렸습니다. 시간 나면 보세요." 하고는 얼마나 흐뭇해했던가.

자식이라는 것이, 그것도 첫아이라는 것은 이렇게 어미를 깊은 감동으로 이끄는 힘이 있나보다. 나의 새로운 생활은 이렇게 시작되었으며 조금은 느슨해지면서도 차례차례 그렇게 아이들을 키웠다. 나는 없고 자식만이 전부인 채, 먹고 싶은 것이 있어도 아이들 한 번 더 주려고 참았다. 세상에 모든 어머니들은 이와 같은 사랑으로 자식을 기른다. 그러나 세월이 지나면 스스로 자란 듯 부모는 뒷전이 되고, 그들 역시 자식을 위해 우리와 같은 희생의 삶이 반복된다. 물이 아래로만 흐름을 계속하듯 사랑도 내리사랑인 것이다.

가을이 가면 겨울이 오듯 자연스럽게 받아들여 가며 잘 자라준 자식들에게 감사하며 살아간다. 가끔은 작은 일에 감격하고 분개하면서 살게 마련이다. 이것이 곧 삶이요, 생활의 질서인 것이다.

그러던 어느 날이었다. 둘째아들이 조그만 상자 하나를 내어 놓았다. 사은회 때 학생들이 준 것인데 별것 아니겠지만, 사회에 나와서 처음 받은 것이라 부모님께 드리고 싶다고 했다. 뜯어 본 흔적조차 없이 하얀 한지에 싸여 있었다. 내용이 비록 하찮다 해도 내겐 세상 어느 것과도 비교될 수 없었다. 돌아오는 차 속에서 차마 뜯기도 아까워 잡고 있는 손등으로 뚝하고 눈물방울이 떨어졌다. 남편도 말이 없다. 언제부터 이처럼 소심해져서 작은 일에도 감격해야 하는지 나이 든다는 것은 사람을 왜소하게 만드는가 싶었다. 옷도 벗기 전, 눈에 잘 띄는 서랍에 넣어 두었다.

그러고는 하루에도 몇 번씩 열어본다. 보는 것만으로도 기쁨이었다. 이유 없이 울적할 때도, 감기 기운으로 몸이 찌뿌드드할 때도 '조성민 교수님 감사합니다.'라고 쓰여 있는 작은 상자는 마치 요술 상자처럼 우울한 마음을 달래준다. 이 속에 든 상품권으로 남편의 선물을 사야겠다고 생각하면서도 좀처럼 행동으로 옮기지 못했다. 이 작은 선물이 이렇듯 소중함은 자식이 세상에서 제 몫을 다한 결과라고 믿기에 더 큰 무게로 느껴지나 보다. 남편에게 받은 선물을 이토록 감격스럽게 생각해 본 적이 있었던가. 살아가는 동안 조금 섭섭한 일이 생긴다 해도 이 감격을 새김질하며 살아가리라.

내일은 아이들이 모일 것이다. 아직은 힘들어하는 둘째와 셋째가 교통 지옥을 뚫고 부모와 함께 주말을 보내려고 올 것이다. 일주일에 쌓인 피로로 들어서자마자 소파에서 낮잠에 빠진다 해도 섭섭해하지는 말자. 같이 있으므로 마음 그득하면 된다.

손녀딸이 어느새 자랐는지 코트가 몸에 끼는 게 마음에 걸린다. 이제 취직을 했으니 안정이 되려면 요원하다. 어찌 넉넉하게 옷인들 사 입을 수 있겠는가. 그 애들이 준 상품권으로 멋진 코트를 선물하리라. 저희들도 제 자식 것 사주고 싶은 마음인들 왜 없었으랴. 갸륵한 마음이 고마워서 더 멋진 것으로 사주리라.

하루하루 치닫는 영하의 기온 속에서도 얼마나 훈훈한 며칠을 보냈는가. 상자 속의 내용물은 없어진다 해도 그 자리에서 요술 상자처럼 나를 반길 것이다. 작은 일에 감격과 초연함도 나이 들어 약해지는 것이 아니라 나이가 주는 아름다움이라 믿자.

마지막 잎새를 비벼대며 겨울로 치닫는 나무들처럼 나도 깊숙이 겨울 안으로 들어선다. 그리고 긴 겨울의 고독을 즐겨보리라.

(1995.)

3.

그 꿈은 환상이었다

팔불출

　연주가 끝나자 박수가 터져나왔다. 피아노 앞에 앉은 아들은 사뭇 여유가 있어 보였다. 어제 연주에서 긴장이 많이 풀렸는가 보다. 자신이 작곡한 곡이기는 하지만 피아니스트가 아닌 그가 3천여 명의 관객 앞에서 연주를 하기란 얼마나 긴장되는 일일까.

　세계적인 클래식 가수와 연주자, 팝 가수들의 공연 스케줄이 연중 잡혀 있는 '동경국제포럼(forum)', 이곳에서 아사히신문(朝日新聞)과 도쿄방송 주최로 「한국 영화음악 콘서트」가 두 번째 공연을 갖게 된 것이다. 「한국 영화음악계의 거장 조성우의 세계」라는 커다란 활자와 아들의 사진에 눈길이 머물자, 또다시 가슴이 먹먹해지면서 콧마루가 시큰해진다. 어미에게 자식이란 어쩔 수 없는 모양이다.

아들이 작곡한 영화 음악들을 80인조 오케스트라가 영상과 함께 연주하는 콘서트다. 영상에서 못 미치는 부분은 음악이 받쳐주고 또 음악을 통해 영상을 상상할 수 있는 연주에 관중들은 몰입하고 있었다. 마음이 느긋해진 것은 나도 마찬가지였다. 어제는 공연초부터 실수를 하면 어쩌나 공연한 조바심으로 긴장을 풀 수가 없었는데 오늘은 그렇지가 않았다. 그러자 부질없는 분심(分心) 하나가 머리를 맴돌기 시작했다. 박수를 받으며 무대를 오가는 아들의 키가 조금만 더 컸으면 하는 욕심이었다. 아니 그것은 단순한 욕심이라기보다는 어미로서의 자책 같은 것이었다.

아들이 초등학교 2학년 때의 일이니 35년은 족히 지난 일이다. 학교까지 조퇴를 하고 종합병원으로 진찰을 받으러 갔었던 걸 보면 많이 아팠던 모양이다.

검사를 모두 끝내고 진찰실에 들어서자, "결핵을 앓은 흔적이 있고, 기관지염이 심한데요." 하는 의사의 말에 나는 무엇으로 머리를 크게 얻어맞은 사람처럼 정신을 차릴 수가 없었다. 내 딴에는 먼 거리에 있는 사립학교에 넣어 데리고 다니면서 잘 기른다고만 생각했지, 아이가 힘에 부쳐 피곤해 하는 것도 몰랐으니 이럴 수가 있을까. 그런 줄도 모르고 진찰실을 들어서면서까지 자신의 옷 매무시를 고치던 어미, 무관심하게 감기 정도로 지나쳐버린 어미의 무지가 너무도 가슴이 아팠다.

멍하니 서 있는 내게 의사는 "아이들은 이런 경우가 많아요, 기관지염은 치료를 하면 곧 나을 겁니다"라고 말했지만, 아이에게는 미안하고 의사 선생님께는 부끄러워 아무 말도 못하고 얼른 진찰실을 나오고 말았다.

어린것이 얼마나 힘이 들었을까. 오후가 되면 미열도 있었을 테고, 입맛이 없으니 자연 기름진 음식보다는 김치가 좋았을 것이 아닌가. 두 형과 달리 우유나 육류를 마다하고 김치와 된장찌개만 먹는 것을 내 식성을 닮았다고만 생각했던 나는, 그런 아이에게 2학년이 되어도 키가 제일 작아 번호가 1번을 면치 못한다고 나무랐던 미욱하기 짝이 없는 어미였다. 죄책감에 사로잡혀 아무 말도 못하고 걷는 내게 "엄마 어디 아파?" 하며 오히려 나를 염려해 주던 아이, 그 아이는 어려서부터 야무진 말솜씨에 총명하기도 했지만, 참을성 또한 많았는가 보다.

병원에서 돌아온 그날 밤, 아들에게 용서를 빌며 썼던 글은 동양방송국에서 모집한 '어머니 글짓기 콘테스트'에 당선이 되어, 아들과 함께 TV 출연을 하는 영광도 얻었다. 그것으로 나는 그 동안 아들에게 미안함을 덜었다고 믿고 살아왔는지도 모른다.

그런데 요즘, 키가 훌쩍 커버린 손자들을 보면서 가끔 그때 생각에 사로잡히곤 한다. 며느리나 딸이 제 아이들에게 스케이트며 수영을 가르치고 음식에 신경을 쓰는 것을 보면서 한참 성장기에는 저렇게 해야 하는데, 식성이 그러니 어쩔 수 없다고만 생각했던 자신의 무지를 뒤늦게 한탄할 뿐이다. 그러나 이미 돌이킬 수 없는 지난 일을 후회한들 무슨 소용이 있겠는가.

떠나갈 듯한 박수 소리에 정신을 차린다. 앙코르곡을 원하는 관객들의 박수 소리였다. 영화 「외출」에 테마곡인 「길」이 연주된다. 무채색의 눈길이 음악 저편으로 떠오른다. 현실 저 너머에서 떨어지는 분광 같기도 하고, 환하면서도 허무한 향내 같기도 한 길을 한없이 달려가는 착각에 빠져든다.

연주는 끝나고 관객들은 조용히 퇴장을 서두른다. 이 시간이 모두의 가슴에 오랜 여운으로 남게 되기를 바라며 우리도 아들을 만나러 갔다. 연주는 끝났지만 그는 여전히 손님에 밀려 바쁘기만 하다. 방안 그득한 꽃바구니에서 뿜어내는 꽃향기가 커피향과 어울려 감미롭게 출렁인다.

키가 큰 사람들 틈에서 인터뷰를 하고 있는 아들은 작지만 당당해 보였다. 작은 키가 그의 트레이드마크가 아니겠느냐고 나를 위로하던 남편의 말이 떠오른다. 자식 자랑은 팔불출이라고 하지만, 오늘 내 눈에 비친 아들은 바로 작은 거인이었다.

(2005.)

변해가는 풍속도

세상이 변하고 있다. 전통처럼 지켜온 고정 관념이 무너지며 윤리 도덕이 붕괴되는 소리가 자고 새면 머리를 흔든다. 유교 문화권이던 우리나라가 급속도로 변해 가는 세태의 흐름으로 길을 잃어가고 있다.

고도의 산업화와 물질적인 풍요는 개인주의적 가치관의 확산으로 사회의 기초 단위인 가정과 가족의 본래 모습을 변화시킨다. 지나친 성취욕과 각자의 삶에 무게를 두고 가족의 결속력은 약화되어 가부장적 가족관은 설 자리를 잃어가고 가정의 개념마저 흔들린다.

변하는 것은 가정만이 아니다. 날로 심각해지는 환경 문제, 산처럼 쌓여가는 쓰레기, 공기 오염으로 오존층은 파괴되고 자동차의 홍수는 교통을 마비시킨다. 변화 속의 인간은 부대

끼며 심성이 조급해지고 황폐해져 간다.

며칠을 쏟아 붓던 장마에 하늘과 대지가 뿌옇게 덮었던 스모그와 먼지를 씻어내고 투명하다. 언제 변할지 모를 오늘 아침 공기는 퍼담고 싶을 정도로 상큼하다. 눈이 부시도록 푸른 하늘, 자연만큼 우리에게 겸허와 순수를 일깨워주는 것은 없다. 그러나 청정한 바람에 실려온 조간(朝刊)은 무겁고 어둡기만 하다.

되풀이하고 싶지 않은 이야기, 십대를 상대로 하는 성폭행이나 유치원 원장이 원아들을 희롱한 일은 참으로 충격적이다. 자식이 부모를 버리고 중학생이 수업 시간에 진통이 왔다는 이야기는 우리를 슬프게 한다.

부모를 섬기고 조상에 제사를 지내느라 여자들의 허리는 펼 새가 없고, 남존여비 사상으로 아녀자는 학문도 접하지 못한 채 한 가문에 귀속된 노예처럼 눈물로 세월을 보내야 했던 세대는 가고, 대신 강해진 아내의 위치로 '간 큰 남자' 시리즈가 나올 정도가 아닌가. 고루하고 모자란 것들의 변화는 바람직하나 가정의 풍속도가 바뀌는 것은 안타깝다.

이와같은 크나큰 변화 속에서도 변하지 않는 것들이 있다. 국회에서 벌어지는 추한 정치인의 작태나 되는 것도 안 되는 것도 없는 우리나라 행정의 어제와 오늘, 열심히 일하는 중소기업의 자금 융자는 하늘의 별 따기인 반면, 권력과 결탁한 대기업은 땅 짚고 헤엄치기다. 뿌리를 뽑겠다던 사정(司正)의 한 파도 시간이 지나면 용두사미가 되고, 일관성 없는 행정은 많은 후유증을 남긴다.

오천 불에서 만 불까지 허용했던 여행자들에게 이제야 외화 낭비의 심각성을 깨닫고 제한한다는 뉴스도 난센스다. 소 잃고 외양간 고치는 격이다. 세계 어디를 가도 관광지 주차장에는 거대한 버스가 쏟아 놓는 한국 관광객으로 만원이다. 현지 경고문에도 한글로 주의 사항을 써놓을 정도니 말이다. 새로운 대륙을 접하고 그들의 문화를 돌아보며 삶의 폭(幅)을 넓히는 것은 바람직하나 물질적인 풍요가 삶의 방향을 왜곡되게 하지는 않을까 걱정이 된다.

핀란드나 노르웨이, 덴마크는 사회주의와 자본주의가 공존하는 사회이기도 하지만, 자연이 주는 풍요를 인간과 더불어 공유하며 살아가는 모습이 인상적이었다. 특히 탁아산업과 실버산업이 발달된 복지국가다. 잔잔한 피오르드 수면에 비친 아름다운 숲속에 위치한 흰 벽과 오렌지색 지붕의 작은 집들은 한 폭의 그림 같다. 도시는 조용하고 국민들은 검소하다. 시청 바로 앞이 수산시장인 덴마크, 왕궁을 택시나 자전거들이 자유롭게 왕래하는 것 또한 신기했다.

강남의 압구정동이나 로데오거리, 노란 머리에 배꼽이 드러나는 티셔츠를 입고 사탕알만한 선글라스를 걸친 국적 불명의 미녀들, 짙은 화장에 하이힐의 여인도 우리만이 소유한 미인 천국의 풍속도다. 우연히 친구를 만나 들어간 커피숍에서 십 대 후반의 여자들이 고막이 터질 듯한 음악 속에서 담배 연기를 동그랗게 뿜어대는 어이없는 풍경에도 민망해지는 것은 내 쪽이다. 반갑지 않은 손님이라는 종업원의 쌀쌀한 눈매에 떠밀려 이방인처럼 문을 나서야만 했다.

단독주택은 헐렸다 하면 한두 달 사이에 우후죽순처럼 원룸이나 다세대 주택으로 탈바꿈하고, 좁은 골목은 승용차의 홍수를 이룬다. 원색의 크고 작은 간판들은 제각기 자기 얼굴 드러내기에 여념이 없고, 조잡하게 붙어 있는 간판에서는 민도(民度)가 드러난다.

강남의 시원한 팔차선 도로 좌우로 들어선 초대형 건물과 번쩍이는 네온사인, 오랜만에 고국을 찾은 사람들은 여기가 한국인지 미국인지 모르겠다며 눈이 휘둥그레지기도 하지만, 향기 없는 꽃이 아름다울 수 없듯이 높아만 가는 건물은 사상 누각이 아닐까.

서양 사람들의 솔직한 감정 표현은 쉽게 받아들이면서도 그들의 검소한 생활 태도는 왜 배우지 못하는 것일까. 내가 먼저 가겠다고 시끄럽게 경적을 울리며 곡예를 하듯 빠져나가는 차들을 보면, 웃음 가득한 얼굴로 손을 흔들며 한없이 기다려 주던 서구인의 여유를 생각하게 된다.

삶의 향기란 맑고 조촐하게 사는 인품에서 풍겨나는 것이며, 생활의 질이란 정신적 풍요와 문화적 삶의 농도를 말한다. 세계화에 앞서 인간화가 우선이 되는 터전이 시급하지 않을까.

흐르는 세월 속에서 하루가 멀게 변하는 풍속들이지만, 변해야 하면서도 변할 줄 모르는 것들의 이율배반, 만년 과도기 같은 지루하고 긴 터널에서 벗어나 참신하게 우뚝 서기를 바란다.

(1996.)

나의 글쓰기

글쓰기를 음식 만들기와 비교해서 쓴 글을 읽었다. "…수필의 문리(文理)를 터득해 가는 과정을 여자들의 음식 솜씨에 비교해 보이곤 한다." 이렇게 서두가 시작되는 글이었다.

그렇다, 글을 쓰려면 우선 주제를 설정하고 그 주제에 필요한 소재를 찾듯이 음식을 만들 때도 그와 다르지 않다. 오랜 독서와 습작을 통해 수련을 쌓아야만 한 편의 글을 쓸 수 있듯이, 음식 또한 많은 실수와 연습의 기간을 거쳐야 일품 요리 하나쯤 만들어 상에 내어 놓을 수 있기 때문이다.

나는 음식 만드는 것을 좋아하는 편이다. 그러나 시간을 들여 숙성시키는 저장 음식보다 즉석 요리에 더 흥미를 갖는다. 젊어서는 각종 요리책을 베스트셀러인 양 사들였고, 외식을 하거나 친구 집에 가서 새로운 요리를 보게 되면 만드는 법을 물어 적어 두었다가 나중에 실습을 해서 익숙해지면 손님상에 내놓곤 했다. 나이 들어 그런 열정은 식은 지 오래지만, 지금도 미장원에 가서 여성 잡지를 보게 되면 습관처럼 우선 뒷장에 있는 계절 요리에 눈길이 간다.

그러나 돌이켜보면 내 음식이라는 것이 어디 고유한 풍미를 지녔거나 재료의 특성을 살릴 만큼 경지에 도달한 적이 있었던가. 그저 어울리는 재료와 색과 모양에 치중한, 시쳇말로 하자면 퓨전 요리들이지 않았던가. 요즘은 온 가족이 모이는 토요일도 며느리 셋이 의논해서 메뉴를 짜고 식탁을 꾸며 나는 뒷전으로 물러났지만, 가끔은 아이들이 자랄 때 즐겨 먹던 음식이 생각나서 만들어 보기도 한다. 하지만 그 옛맛이라는 것도 며느리들이 신경을 써서 만든 영양가를 고루 갖춘 일품 요리나, 과학적인 요리법으로 정확하게 만든 음식에 비해 주먹구구식의 내 음식은 짜거나 싱거워 당황할 때가 많다.

이제 나의 글쓰기를 생각해 본다. 누구에게나 삶의 언저리에는 하고 싶은 이야기가 있게 마련이다. 미숙함 속에서도 끊임없이 일어나는 글에 대한 충동은 아직 그대로인 것을 보면 글을 좋아하기는 하는 모양이나 제대로 된 글을 쓰기란 어렵기만 하다. 때로는 이렇게 힘들게 씨름을 하느니 그만 둘까 생각을 하다가도 놓지 못하는 것을 보면 이것 또한 음식 만들기와 같은 맥락인지도 모른다. 그렇다면 이 두 가지가 다 여기까지가 나의 한계란 말인가. 내가 만든 음식들이 풍미를 갖춘 정통 요리가 아닌 즉흥적인 것처럼 내 글에도 깊이나 사유(思惟)가 들어 있지 않으니 말이다.

오랜 사색을 통해 의미화를 시킨 글이 공감을 얻듯, 음식의 맛도 그러하리라. 신선한 주재료와 거기에 어울리는 부재를 골랐다고 해서 반드시 훌륭한 맛을 낼 수 없듯이 소재가 아무리 좋아도 주제를 살리지 못하면 그 글은 작품성을 얻지 못한다.

무엇을 어떻게 쓸 것인가를 오랫동안 고민하다 보면 내게도 문리를 터득하는 날이 올까. 사색의 부족은 깊이의 부족을 낳는다고 한다. 내게서 애써 한 가지라도 장점을 찾는다면 체념이 빠른 대범한 성격이라 믿어 왔다. 두어 번이나 크나큰 상실감을 겪으면서도 자신만 욕심을 버리면 된다는 긍정적인 사고로 매사를 쉽게 포기할 수 있었고 단념 또한 빨랐다. 그러나 지금 곰곰이 생각해보니 그런 성격마저도 장점일 수가 없는 게 아닌가. 깊이 생각하고 고뇌하지 않으니 어떻게 사유가 담긴 글을 쓸 수 있단 말인가. 내가 쓰고자 하는 의도는 분명 그것이 아닌데 다른 뉘앙스로 나타나는 것 또한 내 모자란 깊이의 결과일 것이다.

그러나 내 기억 속에 몇 번은 완벽하지는 못했어도 그런 대로 맛도 모양도 괜찮은 음식을 만든 적이 있는 것 같은데, 글은 언제나 미흡하기만 하다. 하기야 긴 세월 손에 익혀 온 음식이야 그럴 수도 있겠지만 뒤늦게 시작한 글이야 숙성이 되려면 아직도 요원하지 않겠는가. 이제 빠른 체념을 장점이라 생각지 말고 오래 붙들고 거듭 생각해 보는 자세를 가져야 할까 보다.

그러나 후회는 하지 않는다. 이 두 가지 취미야말로 오늘날까지 나의 삶을 충만하게 가꿔 준 살아가는 이유이고 기쁨이었으니…. 음식을 만들어 남편과 사 남매에 딸린 식구들이 모두 모여 맛있게 먹는 모습은 어느 감동적인 명화보다 내겐 가슴 벅찬 그림이며, 글쓰기는 진정한 나를 돌아보게 하는 삶의 방식에 대한 확인이었다. 나이 들어서도 아직 할 일이 있다는 것은 얼마나 축복인가. 다음에는 나아지겠지, 다음은 조금 더, 이러한 희망으로 자신을 충전시키며 평범한 일상에서나마 놓치고 싶지 않은 소중한 순간들을 붙잡으려 노력한다.

강물의 흐름같이 사색이 깃들어 있는 글, 짧지만 커다란 울림으로 가슴을 두드리는 다양한 표정의 글을 쓰고 싶다. 자연과 인간, 사람과 사람 사이에 일어나는 감동과 체험을 어떤 모습으로 조명하는가에 따라 작가의 능력이 나타난다. 그것은 바로 가치 있는 삶, 감동을 주는 삶이 어떤 것인가를 다른 사람에게 옮겨 주는 작업이 될 것이다.

오늘도 그런 글을 쓰고 싶은 염원을 안고 책상머리에 앉아

있지만, 그런 글을 쓸 날은 언제 올 것인가. 아니 오기는 정녕
올 것인가.

(2004.)

그리운 그 이름, 아버지

아버지가 떠나신 지도 어느새 한 달이 지났습니다. 입을 열지 않으셔도 만면에 가득한 웃음을 지으시던 아버지, 지금도 사진 속에서는 여전한 미소로 지켜보고 계신데, 주위를 둘러봐도 달라진 것은 없는데, 새삼 아버지를 뵐 수도 부를 수도 없다는 사실에 갑자기 천지가 쓸쓸해집니다.

늦은 봄을 시작으로 무덥던 여름의 두 달 열흘, 생의 마지막 시간을 아버지는 중환자실과 일반 병동을 옮겨 다니시면서 보내셨습니다. 이는 정녕 아버지께서 원하시는 일이 아니라는 것을 알면서도, 보내드리고 싶지 않은 우리 사남매의 뜻이 결국 더 고통만 드렸던 것 같습니다. 아버지의 몸에 부착된 산소흡입줄, 링거줄, 소변줄 등으로 수족(手足)까지 자유롭지 못하게 해드려 안타까웠지만, 뇌수술을 받으셨으니 출혈로 인한 뇌압만 제거되면 의식도 찾고, 바람도 쏘여 드릴 수 있으리라 믿었습니다. 큰 소리로 아프다고 호소 한 번 하지 않으시고 흐릿한 의식에도 "저 왔어요." 하면 애써 웃어 주시고 "많이 불편하세요?" 여쭈면 "괜찮아." 가늘게 대답하시던 아버지, 잔정을 쉽게 표현하는 분은 아니었지만 편찮으시다고 해서 타고난 깔끔한 성품이야 어디로 가겠습니까. 병마와 사투(死鬪)를 벌이시던 모습이 생각나 지금 워드를 치는 손등이 눈물로 젖습니다.

어머니는 말씀하셨지요 비록 말씀은 없으셔도 우리를 쳐다보는 쓸쓸한 눈빛이 '왜 나 혼자만 두고 가느냐.'며 노여워하시는 것 같다고. 저는 아니라고, 의식이 없으신데 무슨 그런 생각을 하시겠느냐며 잘라 말했지만, 전들 왜 몰랐겠습니까. 하물며 70년 가깝게 해로한 어머니야 무인도 같은 중환자실에 아버지를 혼자 두고 떠나시는 마음이 오죽하셨겠습니까.

염소 뿔도 녹인다는 대서가 하루 지난 복중이었는데도 아버지가 떠나신 며칠은 참으로 서늘했습니다. 모두 생전에 아버지의 인품을 하늘도 아신다고 했습니다. 구름은 해를 감싸고, 때아닌 선들바람에 아버지를 배웅하러 장지까지 오신 분들께도 미안한 마음이 덜했습니다. '통정공'의 동산만한 고분과, 조상의 공로비와 석물들이 즐비한 선영, 고향산천이 한눈에 내려다보이는 아버지의 유택은, 비무장지대라 조금은 적막해 보였지만, 봄이면 지천으로 핀 할미꽃이 선영을 덮고, 소나무 사이로 이는 바람소리 새소리 정겹던 이곳에 아버지를 모시고 보니 더없는 명당이란 생각이 들었습니다.

아버지, 옛날 얘기 하나 들어 보실래요? 저는 왜 그렇게 아버지가 어려웠는지 모르겠습니다. 특별히 꾸지람을 듣고 자란 것도 아닌데 맏이로 태어나서 그랬을까요. 중학교에 입학하자 6·25전쟁이 났으니, 부산으로 피란을 가서야 2학년으로 복학을 했지요. 아버지는 퇴근만 하시면 제게 영어와 수학을 가르쳐 주셨습니다. 기초가 없어 어렵기도 했지만, 저는 아버지가 무서워 늦게 들어오시기만 바랐습니다.

'모델 2'라는 교과서에서 수선화(daffodil)를 배울 때였습니다. 몇 번 읽어 주시고는 읽어 보라 하셨지만, 발음 기호도 제대로 모르는 저는 한글로 '데포딜'이라고 손바닥이나 벽에 써놓고 읽곤 했으며, 아버지 말씀을 제대로 알아듣지 못하고도 다시 여쭙기가 어려워 그냥 대답한 적도 여러 번이었습니다. 때론 아버지와 허물없이 지내는 아이들이 부러울 때도 있었지만, 저는 아버지의 자식인 것만이 자랑스러웠습니다. 언젠가 아버지가 학교에 오셨을 때, 친구들이 너희 아빠 '윌리엄 홀덴' 같이 멋있다며 너는 아빠를 닮지 않았다고 했어도 상처 받기보다는 우쭐했고, 처칠 회고록을 원어로 읽으시던 아버지가 그저 멋있게만 보였습니다.

그런데 언제부터인가, 아버지가 변해 가셨습니다. 즐겨 읽으시던 책도, 신문도, 바둑도 다 놓으시고 그저 소파에 앉아 허공만 바라보시는 시간이 늘어갔습니다. 그 절벽 같기도 한 단절감은 저희를 아프게 했고 익숙지 않게 느껴지기도 했습니다. 그런 아버지의 침묵은 흐려져 가는 기억에서 비롯된 체념이자 고독이셨나 봅니다. 그렇게 살아가야 하는 남은 세월을 인정할 수밖에 없었던 아버지의 고통은 외부와의 단절보다 내부의 공허로, 죽음보다 더 깊은 늪 속에 아버지를 잠기게 했던 것은 아니었을까요.

삶의 마지막 순간까지 인간의 존엄성을 지키고 떠나신 아버지, 어떻게 사는 것이 진실되고 아름다운지를 몸소 행동으로 보여주셨던 아버지가 자식들의 고통을 덜어 주려고 가을도 오기 전에 서둘러 떠나셨음을 알기에 더욱 서글퍼집니다. 남들은 일찍이 부르지 못하게 된 아버지란 이름을, 이 나이가 되도록 부르게 해 주셨는데, 아니 아직도 어머니가 생존해 계신데 아버지의 죽음을 너무 안타까워하는 집착은 지나친 욕심이라고 달래봅니다.

어제는 온종일 요란하게 비가 뿌리더니 오늘은 투명한 햇살에 나뭇잎 그림자가 사뭇 서늘해 보입니다. 시끄럽게 울어대던 매미 소리도 나른하게 풀렸습니다. 거짓말같이 여름도 가버린 것일까요? 아니겠지요. 아버지의 빈자리를 느낄 여유도 없이 흐르는 세월이 야속해서 그렇게 느껴지나 봅니다.

"네 어머니가 명문가에서 시집와 고생만 했다."고 말씀하시던 아버지, 그 뜻 받들어 못다한 효도 어머니께 바치겠습니다. 이승의 걱정일랑 다 잊으시고 편안히 영면(永眠)하소서.

2005년 8월 29일 여식 올림

오산誤算

유난히 일찍 온 더위가 지칠 줄 모르고 기승을 부린다. 연일 가마솥 같은 불볕더위는 신기록을 자랑이나 하듯 사람을 지치게 한다. 사람뿐만이 아니라 거북이 잔등처럼 갈라진 논밭에 타들어 가는 농작물들과 숨가쁘게 허덕이다 쓰러지는 가축들을 보면 더위와 전쟁을 치르고 있는 기분이다.

올해는 변수가 많다. 인간의 생태계뿐 아니라 태양계에도 변수가 늘어만 간다. 비나 바람이 실종된 지 이미 오랜 뜰에 미동도 없이 후줄근한 나무들은, 무기력증에 빠진 내 머릿속만큼이나 답답하고, 정리 안 된 장롱 속처럼 어수선하다. 더위 탓만은 아닐 것이다.

하나인 딸마저 여의고 나면 거칠 것 없는 자유로움을 만끽할 줄 알았다. 부모로서 주어진 책임과 몫을 다한 홀가분함으로, 우선 순위에서 밀렸던 자신을 위해 많은 시간을 할애할 수 있을 줄 알았다.

그것은 오산이었다. 살아 있는 목숨이면 제 몫의 삶도 힘겨운 법, 근심은 산 사람의 몫이며, 살아 있다는 표적이다. 당연한 걱정거리에 가려져 모습을 드러내지 못했던 또 다른 걱정들이 줄을 잇고 있다.

많은 사람들이 짝을 지어 주었다고 할 일을 다한 것이 아니며, 갈수록 태산이라고 했다. 식구가 하나 하나 늘어갈수록 일도 점점 많아진다는 푸념도 들어보았다. 나는 이를 부정했다. 자식을 낳고 가르쳐 결혼을 시키는 것은 분명 내 몫이나, 다음에 손자를 낳아 백일과 돌을 차려 주며 생일까지 챙기는 것은 할 수 있으면 좋고, 못 해도 큰 낭패는 아닐 것이라고 이제부터 주역은 그들이고 나는 조역일 뿐, 삶의 주인은 그들 자신이여야 한다고 믿어 왔다.

이렇게 억지를 쓰면서 나는 자유를 희망했는지도 모른다. 세 아들을 혼인시키고 혼기가 차 가는 딸을 데리고 살면서 딸도 아들처럼 빨리 결혼하기를 내심 기다렸나 보다. 딸은 아들과 달리 남의 가문으로 호적까지 떠난다는 사실을 알면서도, 혼기가 차 간다는 한 가지 이유만으로 서둘렀음이 분명하다. 하루속히 자유롭고 싶은 내 욕심도 자리잡고 있었을 게다.

그것도 오산이었다. 자유로울 줄 알았던 모든 환상이 가끔

할일 없이 덤으로 살아가는 인생처럼 한심하다는 착각에 빠질 때가 많다. 의욕도 흥미도 점점 줄어가고 생활의 활력 대신 허망함만 느끼게 된다. 얻은 것은 없고 잃어버린 것만 전부인 것 같은 후회 속에 삶을 생각하는 빈도가 늘어간다.

3개월은 다리에 바퀴를 달았다. 자고 새면 밖으로 돌며 돈 쓰기에 바빴다. 핸드백은 묵직해서 안심스러웠다. 남편에게 눈치를 볼 필요도 없었다. 비싼 물건을 사 놓고 좀 지나친 게 아닌가 하고 망설인 때도 있었지만, 딸과 며느리에게 주는 것이므로 당당할 수 있었고, 그것은 모성애이며, 부모의 책임이라 믿었다.

이재(理財)에 밝지 못한 나는 흔한 아파트 추첨이나, 부동산 취득 한 번 해보지 못하고 오직 4번의 혼사를 치르면서 망설임 없이 큰 돈을 써 보았나 보다. 이제는 쓸 일도 쓸 것도 없이 간절히 원하던 자유 같은 것만 남았다.

그러나 그렇게 갈망하던 자유로움은 어디로 사라지고 잠시도 서울을 비울 수가 없다. 잘 지내고 있을까, 다투지는 않을까, 전화 속 음성에도 가슴이 조여 온다. 집들이를 하고 나서 감기든 목소리에 가슴이 콩알만해진 연유는 어디서 비롯된 것일까. 남의 집이 그렇게 조심스럽단 말인가. 예로부터 사위는 백년손이라더니 자주 전화하기도 어렵다. 대학 졸업하고 직장 다니다가, 별로 일도 해보지 않았는데, 오늘은 어떤 메뉴로 식탁을 꾸밀까. 샐러드랑 빵, 쿠키 같은 서양 음식은 나보다 솜씨가 월등한데 사위는 빵을 좋아하지 않는다니 걱정이다. 넓은 집에 혼자 무료하지는 않을까 하는 사치스러운 노파심까지 든다.

약혼과 결혼으로 바빴던 일상에서 벗어나 여행이나 해 보겠다던 계획을 무산시킨 채 집에서 하루 해를 보낸다. 개성이 다르고 풍습이 다른 두 가정에서 자란 그들이 하나 되기 위해서는 부단한 노력이 필요할 줄 안다. 음식의 기호와 취미, 좋아하는 운동까지 동화되려면 양보와 인내, 서로의 희생이 요구된다. 과잉 보호에서 자란 외아들과 외딸의 만남이 아닌가.

사랑이 기쁨이기보다는 연마라는 것, 쾌락이기 이전에 인내라는 것을 터득해가며 겸손히 받아들이게 된다면, 그때는 날을 수 있을까. 그것도 장담할 일은 못된다. 스스로 기운이 쇠진해져서 자유롭기보다는 손자들 사이에서 조용히 늙어가고 있게 될지도 모른다.

올해 따라 51년 만이라는 찜통 더위 속에 날 줄 알았던 날개 대신 외로움만 키워가며 더 큰 무게에 눌려 지내고 있다.

생각할수록, 원하던 자신의 자유로움보다는 4남매를 키우느라 소비했던 긴 세월, 힘겹고 어려웠던 그때가 가장 행복했던 순간이었다. 도시락 찬 걱정하고 연례 행사처럼 졸업하고 입학하며, 합격의 기쁨을 안겨주던 순간들, 맹렬 엄마로 살던 그

때, 내 삶의 빛깔은 지금과 같은 잿빛이 아니고 신록처럼 푸른 청록색이었으리라. 외로운 자유로움보다는 고되고 힘들어도 자식에게 부모만이 전부였던 그 시절이 그립다. 다시 한 번 몸과 마음을 초록으로 물들이고 싶다.

북상 중이라는 태풍 월트의 영향으로 더위가 말끔히 씻기고 나면 다시 푸르고 싱그럽게 살아나겠지. 초록의 생애이든 인간의 삶이든 서둘러 조급해서 되는 것이 아니다. 긴 안목으로 충실하게 살아가는 과정이 중요할 것이다.

"엄마, 그동안 저 때문에 수고 많이 하셨죠. 이제 제 걱정일랑 하지 마세요." 하고 환하게 웃는 딸의 모습과 굵은 빗줄기를 기다린다.

부모로서 책임을 다하고도 자유로울 수 없음은 오산이었다 해도, 딸에 대한 부질없는 노파심은 오산이었다고

상큼한 한줄기 바람이 얼굴을 스친다. 이제 비가 오려나 보다.

(1994.)

다시 태어난 난지도

쓰레기의 산 난지도가 월드컵공원으로 새롭게 태어났다. 15년 간 서울의 생활 쓰레기가 만들어 낸 두 개의 산 난지도는 일천만 서울 시민의 공동 작품이었다. 긴 세월, 썩기를 거부하고 몸살을 앓더니 이제 황폐했던 모습을 감추고 자연으로 돌아갔다. 쓰레기 산을 후손에게 물려줄 수 없었던 것은 우리 모두의 염원이었다.

여의도공원에 15배나 되는 거대한 규모의 월드컵공원은, 안정화 사업과 함께 생태계가 재생된 평화의 공원, 난지천 공원, 하늘공원, 노을공원과 서울올림픽 경기장 등으로 시민의 휴식 공간이 되어 21세기 서울의 비전을 보여주게 된 것이다.

넓고 시원스런 도로가 동서남북을 관통해 서울 전역에 이어지고 공원을 연결해 주는 도로에 간격 맞춘 가로등의 행렬은 연병장에 도열한 사열병인 양 질서정연하다. 좌우로 눈 한 번 돌리지 않고 하늘만을 우러러 곧게 자란 노송의 군락은 선비의 기상을 닮아 장대하고 그 소나무 숲 사이에서는 지금도 월드컵의 함성이 들릴 것만 같다. 수백여 개의 대형 화분에는 갖가지 빛깔의 작은 꽃무리들이 앙증스럽고, 어디를 둘러봐도 쓰레기 산이라고 불리우던 과거의 불명예스러웠던 흔적은 찾아볼 수가 없다.

모래내와 홍제천, 불광천이 물머리를 맞대고 들어오는 넓은 저지대와 한강폭이 호수처럼 넓어 서호(西湖)라는 별명으로 불려졌던 난지도 맑은 샛강을 띠처럼 두르고 난초와 영지가 자라고 갈대가 어우러지며, 철 따라 온갖 꽃이 만발한 아름다운 이곳은 철새들이 날아드는 자연의 보고였다. 아득한 옛날 초등학교 소풍이야 자하문 밖 자두밭이 아니면 난지도가 아니었던가. 머나먼 기억 속에도 어렴풋하게 그리움으로 남아 있던 난지도가 언제부터인가 쓰레기의 천국으로 변해 가기 시작했다.

급진적으로 산업 근대화가 이루어지고 도시 공간의 확장과 더불어 넉넉한 식생활의 변화는 악성의 쓰레기를 만들어 갔다. 궁핍한 삶을 살아온 우리 세대에는 환경 오염이나 쓰레기의 심각성은 서구 문명에만 존재하는 줄 알았었는데….

쓰레기 차의 행렬은 난지도로 난지도로 이어졌다. 15년을 줄기차게 쏟아 붓던 수거차의 행렬이 끊어지자 주위에 보이는 것은 모두가 쓰레기뿐이었다. 여름이면 푹푹 썩는 악취와 기승을 부리는 파리와 모기떼는 서교동은 물론 마포 전역을 괴롭혔다. 새벽부터 정원의 꽃향기를 몰아내고 생선 썩는 냄새로 아침을 열어 주던 고통스럽던 기억, 좋은 주택지라고 알려졌던 서교동은 악취 속에 점점 오지(奧地)가 되어갔다. 우리도 그랬고 모두가 떠나야 한다고 얼마나 고민을 했던가. 결국 몇몇 이웃은 강남으로 떠나기도 했지만, 참을성 있게 33년이란 세월을 아직도 이 자리에 다시 집을 짓고 사는 걸 보면, 비록 '재테크'는 못했어도 선견지명은 있었던 모양이다.

평화공원을 들어선다. 자연과 인간, 문화의 공존과 공생을 통해 세계인에 화합을 기원하는 공간이라고 한다. 한강의 지류를 끌어들여 자연의 정취를 그대로 담은 난지 호수와, 미래 지향적인 유니세프의 열린 광장이 그것을 말해 준다. 하얗게 뿜어내는 시원스런 물줄기 뒤로 난초와 부들의 군락지가 옛날 그대로인 양 한가롭고, 소풍 온 조무래기들의 재잘거리는 소리에 문득 흘러간 유년이 떠오른다. 이제 어린이를 동반한 저 가족의 행복한 나들이도 연인과의 멋진 데이트도 아닌, 할 일 없이 벤치에서 오수를 즐기는 쓸쓸한 노인처럼 변해 가는 자신을 본다. 다시는 돌아갈 수 없는 모습으로 여기에 머물렀던 지난 시간들이 머리 속을 빠르게 부유한다.

하늘공원에서는 풍력 발전기가 힘차게 돌아가고 광활한 초지(草地)에는 억새와 피, 메밀과 해바라기의 묘목이 끝간 데 없다. 게다가 여러 종류의 조류와 서식처가 파괴되었던 맹꽁이까지 집단 서식하며 3만여 마리의 나비들이 자연스런 생태계를 만들어 가고 있다. 산 너머 노을공원에는 개장을 앞둔 골프장의 넓은 잔디가 푸른 융단처럼 매끄럽고, 야생화 단지의 산책로가 꿈길 같다. 운동을 하거나 산책을 하다가 바라볼 서해의 낙조는 얼마나 아름다울까. 열광하듯 불을 뿜다가 저녁해는 산을 넘고 하늘 한 쪽은 빨간 꽃잎을 쏟아 놓은 듯 붉게 타오르겠지. 그래서 노을공원이란 이름을 가진 것이 아닐까.

바람이 한바탕 매립장 주변을 흔들고 지나간다. 들꽃 중에 유난히 키가 큰 개망초가 흰 파도처럼 일렁인다. 악취는 간 곳 없고 꽃향기가 지천이다.

흐르는 세월 속에 쓰레기는 자원이 되고 불모의 땅은 거대한 생명으로 다시 태어났다. 악취의 원인이 되었던 메탄가스는 이제 난지도 지역의 대기 환경 개선과 에너지 대체 효과라는 일거 양득의 성과를 올리고 있다. 경기장과 인근 지역 아파트의 냉난방 연료로도 재활용되고 있으며 앞으로 상암 택지지구와 디지털미디어 시티에도 공급될 예정이라니 얼마나 경이로운 일인가.

우람한 숲에서 꽃과 나무를 보고 새들의 속삭이는 소리를 마음껏 들을 수 있는 아름다운 공간을 우리는 다시 후손에게 물려주게 되었다. 그러나 내 기억 속의 난지도는 송사리를 잡던 유년과 때론 쓰레기 산에서 불던 황량한 바람도 함께 하겠지. 석양 노을을 등지고 마지막 셔틀버스가 내려온다.

난지도에 서서히 어둠이 내린다.

(2002.)

43송이의 장미 꽃다발

　현관으로 들어서다 그대로 멈춰서고 말았다. 순간 잘못 들어 온 것이 아닌가 하는 생각에 잠시 머뭇거렸지만 그런 것은 아니었다. 커다란 장미 꽃다발 하나가 시선이 맞닿는 곳에 놓여 있었고, 그 장미가 쏟아 놓은 향기가 온통 집안에 출렁이고 있었다.

　오늘 아침, 외출을 하려는데 큰며느리가 꽃바구니를 들고 들어서자 뜬금없이 '나도 꽃을 살까 하는데…' 혼잣말처럼 하던 남편의 말이 어렴풋이 생각나지만 전혀 그 말의 뜻을 헤아리지 못했다. 하긴 결혼 후 남편한테 꽃 한 송이 받아 보지 못한 터였으니 그럴 만도 하다. 새해나 생일날 가끔 꽃을 선물받는 경우가 생길 때면, 내게 가장 감동을 주는 선물은 꽃인데 당신한테서는 한 번도 받아보지 못했다고 투정을 부린 적은 있었다. 그러나 남편이 스스로 꽃을 사게 되리라고는 상상 못한 일이다. 분명한 감동이었다. 부부가 오래 살다 보면 동화한 다더니 실로 늦은 변화였다. 결혼 43년이 되는 금년 4월, 남편 나이 일흔에 처음으로 사온 꽃이고 처음 받아 본 꽃이었으니 어찌 놀라지 않을 수가 있었을까.

나는 유난히 꽃을 좋아한다. 길섶에 수줍게 핀 이름 모를 들꽃에서부터 장미 모란에 이르기까지 그 아름다움에 넋을 잃는다. 여자라면 대개 그러하겠지만 꽃에 대한 애정이 내 경우는 조금 남다르다. 찬 없는 식탁은 참을 수 있어도 꽃 없는 거실은 참을 수 없어 하니 말이다. 어쩌다 마음먹고 계절의 꽃을 한 아름 꽂고 나면 넓지 않은 공간이 우주처럼 넉넉해 보이고 게다가 셋째아들이 작곡한 감미로운 선율이 부추겨 주면 나는 소인국의 주인이 된 듯 부러울 게 없다.

지금은 나이 들어 조금 느슨해졌지만, 새댁 시절 시장에만 가면 장 보퉁이 옆에 꽃을 한 다발씩 안고 들어오는 며느리가 한심해서 금방 시드는 꽃을 왜 그렇게 사 나르느냐는 꾸중을 들으면서도 결국은 못 고친 오래된 병이다. 그러나 이 병은 내게 작은 행복을 가져다준 복병(福丙)과도 같은 것이다. 진부한 일상에 지치거나 까닭 모를 분노를 느낄 때도 꽃시장을 한 바퀴 돌고 나면 씻은 듯 치유되곤 했으며 꽃을 만지는 순간에 가슴 뿌듯한 충일감(充溢感)이나 바라보는 기쁨은 그대로 축복이었다. 한동안 고운 꽃빛으로 가슴에 물이 들면 다른 욕심은 키울 자리가 없었다. 이러한 소박한 취미가 세상을 향한 허영심을 잠 재웠는지도 모른다. 가끔은 내가 왜 이처럼 꽃을 좋아하는가 그 이유를 곰곰이 생각해 보곤 한다.

우선 어머님을 닮은 내림이 아닌가 하는 생각이다. 올해 86세이신 어머님은 아직도 화초를 가꾸신다. 어머님의 손때 묻은 온실 같은 베란다에는 군자란, 제라늄, 동백, 그리고 온슈륨이 제철 만난 듯 피어 있다. 군자란이나 난에서 옆가지가 생기면 바로 작은 화분에 옮겨 나누어주기도 하신다. 평생 소식(小食)으로 일관해 오신 작은 체구에 가녀린 두 다리가 쓰러질 듯 안쓰럽기만 한데도 어디서 그런 힘이 나시는지 모르겠다. 지금은 특별한 곳 외에는 출입도 잦지 않지만 귀가 길에 작은 꽃 화분을 사는 여유와, 가을이면 국화 한 다발이라도 식탁에 꽂는 풍류는 반상(班常)이 부질없어진 오늘이지만 어쩔 수 없는 귀골이신 탓이 아닐까. 내가 어머님의 취향을 대물림했다면 어머님처럼 그렇게 늙고 싶은 것이 내 소망이다.

다른 하나는 자신이 못 갖춘 것에 대한 강한 욕구에서 오는 집착이 아닐까 생각해 본다. 사람은 언제나 제게 부족한 것을 찾게 마련인데 남달리 예쁜 것을 좋아하면서도 그렇지 못한 자신에 대한 욕구를 아름다움의 상징인 꽃으로부터 갈구하게 되는 보상심리에서 비롯된 것이 아닌가 하는 추측이다. 때로는 나의 전생이 꽃이 아니었을까 하는 엉뚱한 비약도 해보지만, 여자라면 아름다움을 추구하는 일로부터 자유로울 수 없는 것은 자명한 일이지 않겠는가.

바쁜 여행 중에도 아름다운 주택이나 꽃가게, 카드점이나 인테리어 전문점 앞을 그대로 지나치지 못하는 습관을 가졌다. 남편은 공유하며 즐기지는 않았지만 지루해 하면서도 기다려 주는 아량은 보였다. 하지만 자신이 꽃집을 찾게 되리라는 기대까지는 하지 못했다. 말을 잃고 멍하니 서 있는 내게 남편은 말했다.

"카드도 한 장 써서 넣을까 하다가 갑자기 한꺼번에 변하면 놀랄까봐 올해는 그만두었지만 내년에는 그렇게 할 생각이야."

오래 살다보니 이런 날도 있었다. 긴 세월 다 보낸 뒤늦은 변화지만 감동의 여운은 컸다.

꽃에 대한 지극한 애정이 가져다 준 이변(異變)은 내게 무르익도록 행복에 취하게 한다. 지천이던 라일락 향기나 벚꽃은 어느새 자취를 감추려 하지만, 창 너머 연록(軟綠)의 색상 속에 분홍 철쭉은 새아씨 옷깃처럼 보드랍고, 거실에서 뿜어내는 장미와 스톡크의 향기에 나는 봄의 주인이 되어 간다.

길지 않은 남은 삶도 이렇게 살고 싶다. 이재(理財)에도 밝지 못하고 계산도 어두워 남들이 다하는 재테크로 가계 한 번 돕지 못하고 소비성인 꽃만 즐기며 살아왔다. 그러나 부끄럽게 생각지는 않는다. 내 가족, 내 이웃을 위해 꽃을 만지고, 꽃처럼 고운 마음을 전하며 욕심 없이 살 수 있었던 내 삶에 감사한다.

사람이 아름답게 보일 때는 고운 마음씨가 보일 때라고 한다. 꽃의 미덕이 아름다움에 있다면 사람의 미덕은 고운 마음씨에 있는 것이 아닐까. 맑은 영혼으로 사는 사람의 모습이 얼마나 아름답고 온유한가를 안다. 그러한 향기로운 사람이기를 꿈꾸며 철 따라 피는 고운 꽃들에 묻혀 나만의 빛깔로, 은은한 향기로 살고 싶다. 오래 기억될 향기라면 더욱 좋겠다.

4월도 무르익는 풍요 속에 중턱을 넘어선다.

(2001.)

민통선의 가을

'월정리'역은 경원선 철마가 쉬어가던 남한의 최북단 종착역이다. '철마는 달리고 싶다.'라는 빛 바랜 글자 밑으로는 다음과 같은 표시판이 있다.

서울 104km 평양 19km
부산 543km 원산 123km
목포 525km 함흥 347km

월정리를 기점으로 평양은 바로 지척이고, 서울과 원산은 비슷한 지점에 있으며 아득하게만 느껴지던 함흥도, 부산과 목포보다 가까운 거리에 있다. 그러나 가고 싶어도 갈 수 없는 금단의 땅이다.

단풍과 들꽃이 어우러진 화려한 축제에도 비무장지대는 시퍼렇게 날을 세운 철조망이 가을볕에 서글프게 누워 있다. 역장도 승무원도 없는 텅 빈 역사에는 정적만이 감돌고, 서너 차례 통일전망대에서 내려오는 사람들의 발길이 소음의 전부다. 지척에서 보이는 산과 들은 우리의 산야와 다를 바 없는데 왠지 어둡고 그늘져 보인다.

매표소에 앉아 생각에 잠긴다. 철 이른 낙엽들이 녹슨 철길 위에서 맴을 돌다 주저앉는다.

한일합병 이후, 러시아 10월 혁명에서 추방된 러시아인을 고용하여 1914년 8월, 강원도에서 제일 먼저 부설된 서울 원산간 철도다. 총연장 223,7km를 연결하는 산업 철도로 철원지방에서 생산되는 생산물을 수송하던 열차였는데 6·25전쟁으로 끊긴 채 반백년의 세월이 흘렀다. 월정리 다음 역인 '가곡'을 향해 철길 따라 줄달음질치고 싶은 심정은 실향민만의 소망은 아닐 것이다. 서운한 마음에 백마고지 전적지로 발길을 돌린다.

민통선의 가을도 아름답기는 마찬가지다. 풍성한 들녘, 너른 산을 가득 메운 백공작의 꽃무리가 젊은 영혼들의 넋인 양 절정을 이루며 하늘거린다. 불어오는 바람에 지나간 아픈 기억들이 꽃무리에 실려 파도처럼 몰려온다.

단발머리 14살 소녀는 새롭게 시작한 중학교 생활이 즐겁기만 했다. 그러던 6월 하순 어느 날, 학교를 들어서자 규율부 언니 대신, 인민군들이 서 있었다. 교실에는 선생님도 갓 사귄 친구도 없는데 본관 쪽에서 이상한 노래 소리가 들려왔다. 알고 보니 선배들이 의용군을 지원하는 박수 소리와 군가 소리였다. 이것이 입학 두어 달 만에 맞은 꿈같은 중학 생활의 시작이자 끝이었다.

다음날은 대낮부터 콩 볶듯이 기관총 소리가 요란하더니 마포형무소에서 죄수(사상범)들이 풀려나 '김일성 만세'를 부르며 활보했다. 인민군은 서울을 탈환하고 낙동강을 향해 진격해 갔다. 우리는 미처 피란길에 오르지도 못한 채 한강 다리가 끊어졌고, 천신만고 끝에 피란을 간 곳이 백마고지 같은 전적지였다. 보름 이상을 낮에는 터키군을 선두로 유엔군이 들어오고 밤에는 중공군이 진을 쳤다. 마을의 집들은 거의 소각되고 몇 채 안 남은 집에서 콩나물 시루처럼 포개 앉아 밤을 새워야 했다. 자리가 없어질까 봐 두려워 화장실도 못 가는 것은 당연한 일이었다.

아군의 전투기가 중공군의 잔당을 소탕하려고 산봉우리마다 기름을 붓고 불을 질러 산은 활화산처럼 타오르고, 우리는 날마다 논두렁에 앉아 흰 수건을 흔들며 민간인임을 호소해야 했다. 점점 줄어가는 사람들 중 살아 있는 가족을 확인해야 하는 동족상잔의 참혹한 과거, 그 아비규환을 어떻게 잊을 수 있을까. 수많은 시체들과 산 자의 북새통에 서 목숨을 부지한 후예들이 조성한 인구가 어느새 4천만을 넘는다.

백마고지 전적비 앞에서 머리를 숙인다. 504위(位)의 영혼을 진혼키 위해 5사단 장병과 '대마리' 주민들이 위령패를 세웠다고 한다.

12차례나 공방전을 벌였던 이곳은 우리 국군 외에도 중공군 823명이 죽음을 당했던 난공불락의 요새다. 1952년 10월 6일부터 15일까지 포탄 30만 발과 수십 차례 공방전을 치르다가 대승을 거둔 엄청난 희생의 역사를 지니고 있다. 그런데 나는 지금 여기서 안산의 어디쯤인지 모를 또 하나의 전적지를 떠올리고 있다.

노산 이은상의 글에서처럼 "한 줌의 흙이 성한 흙이 없고, 한 덩이의 둥근 바위가 없이 처절했던 포성과 포연 속에 스러진 젊은 영혼들, 그들의 넋이 과연 보람을 얻은 것인가." 그것이 궁금하기만 하다.

잊고 살아온 긴 세월, 여기 그 젊은 피와 넋이 없었다면 통한의 땅에서나마 이렇게 살아갈 수 있었을까. 보지 않고 듣지 않으면 극한 상황도 모르게 마련이다. 갈 길을 잃고 방황하는 암담한 정치나 경제, 전쟁을 모르고 자란 사람들은 그 날의 참상을 모른다.

시퍼런 철조망 옆에서 총을 겨누고 비무장지대를 지키는 장병들, 아픈 과거를 묻고 묵묵히 농사를 지어야 하는 민통선의 주민들.

기억하는 이들은 하나 둘 세상을 등지고, 그 시절의 젊은이들은 과연 무엇을 위해 싸웠는가를 되묻고 싶다.

(1996.)

그 꿈은 환상이었다

　모처럼 남편과 외출을 하기로 약속한 날이었다. 서로가 별로 할일없이 한가한 나이가 되었는데도 시간을 맞추어 바깥나들이를 하긴 쉽지 않다. 얼마 전부터 남편은 어깨에 통증을 느껴 고통스러워하면서도 병원에 갈 생각을 하지 않기에 오늘은 영화 한 편을 본 다음 점심 후에 정형외과에 들르기로 했다.

　남편이 X-레이를 찍는 동안 대기실에 앉았다가 우연히 광고에 눈길이 갔다. 그러곤 나도 모르게 자리에서 벌떡 일어섰다. 그것은 퇴행성관절염 광고였다. 다섯 번의 치료 과정을 처음에는 지팡이에 의지해 걷다가 마지막에는 뛰어가는 그림으로 설명하고 있었다. 인체에 전혀 해가 없는 자연 추출물을 관절 사이에 있는 물렁뼈 주머니에 투입시켜 관절을 움직이기 편하게 도와준다는 것이었다. 스테로이드 주사와는 전혀 성분이

다르고 치료 후 6개월에서 1년은 전혀 고통을 모른다는 것이다. 더 이상 망설일 수가 없었다. 남편의 검사가 채 끝나기도 전에 나는 내 혈액 검사부터 시작을 했다. 다행스럽게도 남편에게는 뼈에 이상이 없으니 당분간 물리치료를 받으라는 진단이 내려졌다. 대신에 나는 다음날 혈액 검사의 결과에 따라 주사를 맞기로 결정했다. 완전히 주객이 전도된 하루였다.

하오의 햇살은 환하고 따사로웠다. 살며시 불어오는 바람에 나뭇잎들이 살랑거리는 모습도 내게 희망을 속삭여 주는 것 같았다. 치료는 아직 시작도 하지 않았는데 몸이 갑자기 가볍게 느껴지고 우연찮게 얻은 오늘의 행운이 내 인생에 새봄을 가져다 줄 것만 같은 기분마저 들었다.

병원에서 가져 온 광고 책자를 읽고 또 읽었다. 실로 좋은 치료제라는 생각이 들었다. 이 기쁜 소식을 아이들에게도 전하고 관절염으로 고생하시는 아버지께도 알려 드려야지. 신촌까지 오시지 않아도 사시는 근방에 정형외과는 있을 테지만, 주사를 다섯 번이나 맞으려고 하실까… 상상은 끝이 없다. 이제 걷기가 편해지면 산책 시간도 늘려야겠다. 그러면 체중 조절에도 도움을 줄 것이 아닌가. 금년 여름은 바지 대신에 굽이 있는 구두에 스커트를 입어 보자. 갑자기 거울에 비친 둔한 몸매가 날씬해지기라도 한 것처럼 혼자 웃어도 보고 폼도 당당하게 계단을 내려가는 자신의 걸음걸이를 상상해 본다.

"자연 추출물이라 인체에 전혀 해가 없단다. 일 년 정도 괜찮으면 그 후에 다시 맞고, 얼마나 다행한 일이냐?" 나는 흥분해서 이렇게 아이들에게 전화를 했고, 건강하게 다시 시작할 하루하루의 상상은 잠도 거두어 갔다.

왜 몰랐을까. 아니 몰랐다기보다 왜 관심을 갖지 않았을까. 신문이나 TV에서 관절염에 대한 광고를 접하지 않은 것도 아니다. 정형외과에도 다녔고 관절에 좋다는 약은 계속 먹고 있는데도 효과가 없기에 체념을 했었는지도 모른다. 이만큼 살고도 다른 기능이 건강하니 한 가지 지병은 감수해야 하지 않을까 하는 생각도 했고, 오랜 동안 무거운 체중을 지탱하느라 혹사시켰으니 당연하다고도 인정했다. 그러나 아무리 건강해도 자유롭게 걸을 수 없다면 그 삶이 얼마나 서글플까 고민이 되던 터였다.

뒤척이다 날이 밝았다. 하늘은 더없이 푸르고 잠을 설쳤는데도 몸은 새털처럼 가볍기만 하다. 희망이란 단어가 주는 변화가 새삼스럽게 느껴졌다. 오늘 모임인 녹우회(綠友會)에서 점심을 먹고 병원으로 달려가리라. 친구들과 어울리면 늘 시간이 모자랐지만 오늘은 미술관까지 들러 나와도 시간이 남았다.

예약 시간보다 일찍 병원으로 들어서자 간호사가 말을 건넨다. 공단으로 보낸 내 혈액의 수치가 높아 치료비는 보험에 해당되지 않는다는 것이다. 혈액 검사 결과 15라는 수치까지만 관절염으로 판정을 하고 그 이상은 염증으로 보는데 내 수치는 17이라고 했다.

혈액 검사는 환자에게 그 약의 투여가 적절한가 아닌가를 판단하기 위한 검사로 알았는데 단순히 보험에 해당되고 안 되고를 가려내기 위한 것이었단 말인가. 보험 혜택을 준다면 염증이 있는 사람에게 주는 것이 당연하지 어떻게 증세가 가벼운 환자에게 준단 말인가. 그러나 지금 내겐 그런 의료 정책에 대한 불평을 하기보다는 건강한 몸으로 살아갈 날이 하루가 급했다. 그래서 의사에게는 보험에 대해서는 한마디도 묻지 않고 주사를 맞으면서 "일 년은 괜찮겠지요?" 하고 물었다. 의사는 상대방의 마음은 아랑곳없이 "그것은 약 광고가 아닙니까? 초기 환자들은 몰라도 이렇게 진행된 환자는 체질에 따라 다르지만 별로 효과가 없습니다. 두 달 정도는 몰라도, 체중을 줄이고 다리를 아끼는 방법밖에 없습니다."

나는 무엇엔가 펑하고 뒤통수를 한 대 얻어맞은 기분이었다. 더 이상 아무 말도 할 수가 없었다. 일주일에 한 번씩 다섯 번을 주사 맞고도 두 달 정도만 괜찮다면, 그것도 체질에 따라서 다르다니 너무 가혹한 결과가 아닌가. 어떻게 약 광고를 이렇게 터무니없이 해서 환자를 우롱한단 말인가. 병원을 찾을 환자라면 이미 초기 증상은 지났을 텐데, 지팡이를 짚다가 뛰어가는 그림은 무엇이란 말인가. 과장된 광고에도 문제는 있겠지만, 나이 들어 마모되어 가는 관절이 몇 번의 주사로 쉽게 치유되리라고 믿었던 자신 또한 얼마나 어리석은가.

남편을 보자 고였던 눈물이 뚝 하고 떨어진다. 내가 웃으며 진찰실을 나설 줄 알았던 남편이 놀라 쳐다보았지만 자초지종을 설명할 기운도 없고 하고 싶지도 않았다. 만 하루 동안 꿈꾸었던 행복은 허망한 환상이었고, 그것은 상상 속에서만 존재한 돌아갈 수 없는 현실이었다. 아름다운 신기루를 찾아 나섰던 나의 하루는 이렇게 무모하게 끝이 나고 말았다.

한여름 밤의 꿈, 그 작지만 한없이 부풀던 꿈은 이제 별것도 아닌 일상으로 다시 바뀌어 간다.

(2003.)

그리움으로 남은 기억

봄이 오면 찾아오는 가슴 아픈 추억이 있다. 슬픔도 세월 속에 희석되어 이제는 그리움으로만 남아 있지만…, 앙상한 가지에서 굵은 새싹이 툭툭 터지고 수액이 고동치기 시작하면 목련보다 고운 자태로, 라일락보다 진한 향기로 다가서는 잔잔한 미소가 봄을 열어 준다.

봄볕이 만져질 듯한 나른한 오후, 아직 옷깃에 스미는 바람은 찬데 겨울을 벗은 성급한 여인들의 옷차림에는 봄이 한창이다. 파란 하늘, 노란 물감으로 포물선을 그린 버들가지 사이로 아득히 멀어진 그녀의 모습이 묻어온다.

명주보다 고운 피부에 유난히도 길고 고른 흰 치아를 드러내며 볼우물을 짓고 웃어주던 그녀, 7, 8세가 어린 그에게 나는 형님이란 칭호로 불리웠지만 재색을 겸비한 단아한 모습과

겸손한 행동거지 때문인지 아우로 대하기에는 벅찰 만큼 완벽
했다. 고운 음성으로 다듬어진 말솜씨는 전직이 아나운서였음
을 짐작할 만큼 기품이 있었다. 독서를 즐겼고 음악과 그림을
좋아해서 대화의 폭은 넓고 깊었다.

미인박명이라고 한다. 그는 뛰어난 미모와 수많은 가능성을
펴지 못하고 가슴 깊이 묻어둔 채 아까운 나이로 홀연히 우리
곁을 떠나갔다. 하얀 목련이 흐드러지고 골목마다 라일락 향
기가 가득했던 찬란한 어느 봄날….

모두가 울었다. 그의 젊음과 재주가 아까워서 울었고, 두고
간 어린 남매가 불쌍해서 울었다. 짧은 생을 마치려고 그렇게
남달랐을까. 남매에게 쏟는 애정 또한 유별나서 주위 사람들
의 입방아에 오르기도 했지만, 돌이켜 보면 따를 수 없는 지극
한 사랑을 시샘했던 것인지도 모른다.

그녀는 아이들이 학교와 유치원에서 돌아올 시간에는 외출
을 하지 못했다. 대문 밖에서 기다리다가 끌어안던 그들의 모
습은 너무도 애절했다. 눈에 넣어도 아프지 않을 남매를 두고
어떻게 먼저 떠날 수 있었을까.

"어제 밤에는 가슴이 아파서 잠을 설쳤어요"라고도 하고
어느 날은 손발이 붓는다고도 했다. 그러나 그녀의 남편은 의
사였으므로 건강에 대한 염려는 하지 않았다. 독실한 가톨릭
신자로 신앙심도 남달랐고 전공은 아니지만 그림 솜씨도 뛰어

났다. 긴 겨울을 지루해 하면서도 우리는 인생과 신앙에 대해 많은 이야기를 나누었고, 봄이 오면 쉬었던 일어 공부도 시작하고 그림 전시회도 열심히 다니자고 약속했다.

겨울은 가고 봄이 한창이던 어느 날, 그녀가 급성 맹장염으로 입원을 했다. 아이들 때문에 종합병원이 아닌 동네 외과 병원으로 간다고 했다. 맹장은 큰 병도 아니며, 현대 의술로는 수술도 간단해서 충분히 그럴 수 있다고 생각했다.

그것이 결별의 원인이었다. 병원에서도 매일 아이들을 만날 수 있다고 좋아하며 학교에서 돌아오는 길목 병원에 입원하던 다음날, 그녀는 한 마디 말도 없이 떠나갔다. 자식에 대한 애정도, 성취를 향한 노력도, 신앙에 대한 갈증도 풀지 못하고 가슴 깊이 묻어둔 채 유명을 달리했다.

빈소에 엎드린 어린 두 남매의 울음소리는 그칠 줄 몰라, 보는 사람들의 눈시울을 적시게 했다. 수술에 앞서 마취 주사를 맞고 영영 깨어나지 못했다는 것이다. 늘 가슴이 아프고 얼굴이 붓던 그녀가 부정맥인 특이체질이었다는 사실을 의사인 남편은 왜 모르고 조치를 취하지 못했을까.

그녀는 떠나고 그를 사랑하던 우리들만 남았다. 조금은 부끄러운 마음으로. 사랑이 깊을수록 아픔도 깊은 것이 사랑의 본질이라면, 내 가슴이 이렇듯 아픈데 가족의 심정은 어떠할까.

유택으로 가는 영구차를 타지 못하고 눈물만 닦는다. 겨우 내 설계한 주택의 상량식 날이어서 음식도 장만해야 하고 간단한 예식도 치러야 했기 때문이다. 고대하던 기쁜 날이지만, 일손이 잡히지 않는다. 거실에 걸어준다는 그림은 시작도 못 했는데. 인생이란 이런 것일까. 무엇을 얻고 무엇을 남기려고 발버둥치며 살아가는 것일까.

대충 일을 끝내고 정신없이 대문을 나섰다. 그녀의 집으로 달리는 발걸음을 막을 수 없었다. 아직도 가족들이 돌아오지 않은 듯 집안은 적막하고 회색빛 건물은 더욱 슬프게 보인다. 대문에 기대어 흐르는 눈물을 주체 못해 얼굴을 드니 하늘은 여전히 맑고 푸르다. 그녀를 닮은 빛깔이었다. 집집마다 하얀 목련이 눈부시게 피어 있다. 그것은 그녀의 모습이다. 한줄기 바람에 설편처럼 꽃잎이 떨어진다. 그녀처럼 곱고 짧게 가고 있었다.

아픈 봄은 지나고, 세월은 흘러 10년 하고도 또 그만큼 지나갔다. 변함없이 봄은 가고 오며, 그녀의 모습은 어김없이 나를 찾아온다. 이제는 슬픈 기억보다는 아름다운 삽화로, 그리움으로 변해서….

그녀와의 짧은 만남도 주님의 섭리였을까. 그토록 사랑했던 두 아이들은 어떤 모습으로 성장했을까. 고운 신부감으로 자랐을 딸이 보고 싶다. 정원으로 나선다. 아직 잎은 달지 않았지만 체온이 느껴지는 것 같다. 곧 목련도 피겠구나.

　금년, 목련이 눈부신 어느 날, 그녀를 위해 온전히 하루를 보내고 싶다. 꽃그늘에 앉아 그녀를 추억하며, 한없이 걷고 싶다.

(1995.)

손녀의 편지

주차장으로 들어서는데 둘째네 아이들이 뒤를 이어 들어선다. 먼 길이라 일찍 서둘렀던 모양이다. 할미를 보자 키가 껑충하게 큰 손자가 머쓱한 표정으로 불쑥 꽃바구니를 내민다. 어젯밤 비에 씻겨 청명해진 날씨만큼이나 눈부시게 고운 빨간색의 카네이션 바구니다. 그 뒤에 섰던 손녀는 수줍은 듯 편지한 통을 건네준다.

휴일인 오늘은, 내일 어버이날을 미리 자축하기 위해 약속된 날이었다. 늘 며느리 셋이 음식을 준비해 집에서 자축의 모임을 가졌었는데 금년에는 모처럼 외식을 하기로 했다. 지지난 주였던가, 미사를 끝내고 큰애네 아이들과 이곳으로 점심을 먹으러 왔다가 번호표를 주며 두 시간을 기다려야 한다기에 돌아서고는 일찌감치 예약을 해놓은 터였다. 딸아이네 네

식구와 군대에 간 손자를 빼고도 14명이나 되는 대가족의 모임이다.

임진강이 바로 보이는 넓은 야외식당에는 가슴에 카네이션을 단 어버이들이 자식들의 손에 이끌려 끊임없이 들어서고 있었다. 그들 속에 우리도 예외는 아니었다. 축배를 들고, 아들 내외와 손자들에게는 카드와 선물을 받았고, 우리는 어린이날 전해주지 못한 책 몇 권을 손자들에게 나누어 주었다. 그러면서 역시 받는 기쁨보다는 주는 기쁨이 크구나 하는 생각을 떨치지 못한다.

선물이나 카드는 받을 때 준 사람 앞에서 보는 것이 예의라고 한다. 그러나 부득이 그런 예의를 지켜야 할 자리가 아니면 나는 언제나 집에 돌아와 조용한 분위기에서 읽는다. 그래야 감동도 크기 때문이다. 언제나처럼 그냥 편지와 카드를 가방에 넣는데 어린 손자가 분홍색 색종이로 카네이션을 만들어 붙인 카드가 너무 예뻐 슬쩍 열어보니, 큰 글씨로 '그 많은 전화 감사합니다. 사랑을 담아서. 조여준' 이라는 글씨가 한눈에 들어온다. 이제 8살인 손자가 어떻게 어른처럼 '그' 자라는 수식어를 쓸 수 있는지 대견하기만 하다. 집에 가서 천천히 읽을 생각으로 가방에 넣는다.

느긋하게 점심을 끝내고 돌아오는 길에 '헤이리'에 들러 손자들과 케릭터 박물관을 둘러보았다. 나도 덩달아 신이 났다.

대식구가 되다보니 이렇게 야외에서 모임을 갖는 것은 쉽지 않지만, 그래도 한 달에 두 번은 어김없이 19식구가 큰애네 집에 모여 식사를 한다. 아이들은 외국을 나간다든지 특별한 일이 아니면 그 약속을 지킨다. 게다가 큰아들 내외는 주말마다 우리와 함께 보내면서도 격주는 사남매의 가족모임을 주선하는 일에 소홀함이 없다.

자유로로 들어섰다. 굽이 도는 한강이 지는 햇살에 사금파리를 부셔놓은 듯 반짝이고, 새로 돋아난 오월의 잎새들은 어린이의 티없는 웃음만큼이나 밝고 환하다. 사남매를 키운 보람이 크게 자리하며 커가는 손자들의 모습이 뿌듯한 행복으로 차오른다.

집에 돌아오자 조용히 편지를 뜯었다. 손녀가 준 분홍 편지에는 자신이 그렸다는 포인세티아가 주위를 감싸고 있었다. "할아버지, 할머니 안녕하세요? 저 손녀딸 서희에요" 이렇게 시작되는 편지에는 이런 말이 있었다.

도덕 시간에 매일 배우죠. 언제나 효도하고, 가족에게 사랑을 표현하라고 하지만 요즘 사람들 말로만 배우면 뭘 해요. 이런 점에서 저희 가족은 정말 좋아요. 2주에 한 번씩 온 가족이 만나고, 야외에도 같이 나가고, 그런데 웬만한 가족은 이렇지 않더라구요….

저는 2주에 한 번 가족이 만나는 게 당연한 일인 줄만 알고 있었는데, 제 친구네 만해도, 가족이 전부 모이는 날이 거의 일년에 한

두 번밖에 없다고 하더라구요. 저희 가족을 따라오려면 멀었죠? 평소
에, 언제나 그런 점에 대해 큰 자부심과 행복을 느끼고 있었는데, 이
렇게 뜻 깊은 어버이날 다 같이 야외로 나간다니, 역시 우리 가족이
구나, 하는 생각이 들었습니다.

　　중학교 2학년인 손녀가 쓴 편지의 일부분이다. 할미에게 응
석도 할 줄 모르고 씩 웃어주면 그만인 서희, 그러면서도 할아
버지가 좋아하시는 초콜릿을 넌지시 사다 드리는 것을 잊지
않는 손녀다. 주중 내내 학교와 과외로 바쁘게 지내다가 주말
이면 친구와도 놀고 싶을 터인데 불평 없이 따라나서는 손자
손녀가 기특하다고 생각은 했지만, 이런 속 깊은 생각을 하고
있을 줄은 몰랐다.

　　아이를 보면 엄마를 안다고 한다. 가족을 사랑할 줄 아는 가
정교육을 몸소 받고 자랐으니 장성해서 출가를 해도 제가 배
운 그대로 부모에게 효도하며 가족을 사랑으로 이끌어 가겠지.

　　작년 내 생일에, 전자파를 잡는 식물이라며 컴퓨터 옆에 놓
으로고 서희가 사다준 '산세베리아'가 무척 많이 자랐다. 처음
에 손녀 손에 들려올 때는 겨우 5개였던 잎이 어느새 10잎이나
되게 실해졌다. 식물도 사랑을 받으면 그 보답을 하는가 보다.

　　컴퓨터 앞에 앉는다. 서희에게 메일은 보내야겠다.

(2006.)

4.
아름다운 이별

여름날의 단상

여름을 삼킨 대지가 푸름을 토해 낸다. 장마도 제풀에 지쳤는지 오락가락 안개비만 흘린다. 들려 주고 싶은 작품도, 꼭 만나야 할 친구도 없는데 비까지 뿌려 떠나기가 망설여졌던 길이다.

산상 세미나, 목표와 지향(志向)이 같아서일까, 떠날 때와 달리 동문의 모임인 양 반갑고 푸근하다. 칠월의 태양은 구름 속 깊이 감춰져 서늘하고, 안개 속에 드러내는 산세는 검푸르고 윤기가 흐른다. 하늘과 산, 나무뿐인 계곡의 물소리는 우렁차다. 숲의 냄새가 스며들 것 같은 창가, 살아 있는 그림에 눈길을 주며 생각에 잠긴다.

나는 누구이며 무엇을 생각하며 살고 있나. 이 자리에 동승할 자격은 충분한가. 해답이 쉽지 않다. 평범한 노년의 무딘

감각에도 가끔은 외로워하며, 세속의 흐름대로 살아 갈 뿐이다. 불행하지는 않았지만 그렇다고 눈물겹도록 행복해 본 적은 몇 번인가.

한참 어린 나이엔, 아름다움에 대한 동경이 가슴을 메웠다. 소설 속의 주인공처럼 아름답지 못한 자신을 한탄했고, 눈매가 고운 친구에게는 은근한 질투심도 가졌다. 청춘을 불사를 만한 연애를 못해본 것이나 이루지 못한 아나운서의 꿈도 재능이나 완고했던 시대의 탓보다는 부족한 외모 때문이라 믿고 억울해 했다. 아름다움을 추구하는 행위는 인간에게 본능처럼 자생하는 것이지만, 내겐 유난스러웠다.

나이가 들어가면서도 아름다움에 대한 집착은 버리지 못했다. 보다 나은 모습으로 보이기 위해 수없이 옷을 사들였고, 아름다운 공간을 만들기 위해 열을 올렸다. 한 달이 멀다 하고 가구를 옮기며 정원을 손질하고, 인테리어 잡지를 보며 가구와 소품을 사는 데도 많은 시간을 소비했다. 꽃꽂이 선생이 아니라 실내장식이나 요리 연구가가 되어도 좋았을 것이라는 말에 우쭐해 했고, 월간지 「여성 동아」에 '사계(四季)가 있는 집'이라는 근사한 제목으로 우리 집이 소개되었을 때는 내 능력에 자부심을 갖기도 했다. 아름다움에 대한 추종, 이 모두가 사춘기에 시작된 콤플렉스의 연장이었는지도 모른다.

언제부터인가 철이 들어갔다. 감성적인 풍요에는 목마르지 않지만, 정신적인 빈곤은 채워도 허기가 진다는 것을 깨달았다. 인생의 절반 이상을 소비하고 난 후에 얻은 깨우침이다. 남에게 보이려는 삶보다 자신에게 충실한 삶이 얼마나 값진 것인가를.

애틀랜타 올림픽 개막식의 최종 점화자로 나타난 알리의 모습이 떠오른다. 파킨슨병으로 떨리는 손과 육중한 몸을 지탱키 힘들어했지만, 어둠 속에서 서서히 모습을 드러낸 그에게 열광하던 8만5천 관중의 갈채를 잊을 수가 없다. '나비처럼 날아 벌처럼 쏘아대던' 전성기의 위용은 사라졌지만, 그가 미국인의 가슴속에 영원히 살아 있는 영웅이며 흑백의 평등을 주장한 남부의 아들임을 다시 한 번 깨우쳐 준 순간이었다.

부와 권력을 탐닉(耽溺)하고 살아온 겉치레의 삶과는 엄연히 다르다. 피와 땀으로 점철된 외길 인생, 맑은 영혼을 가진 삶은 흠모와 존경이 따르게 마련이다. 진실은 외형에 있는 것이 아니다. 남은 삶은 빛나는 이상으로 살고 싶다. 이상을 갖는 것은 인간만이 소유할 수 있는 무형의 특권이 아닌가. 먼 훗날 존경은 아니라도 애정 어린 미소로 기억될 수 있는 삶을 꿈꾼다.

원주를 지났으니, 치악산 국립공원도 그리 멀지 않았다. 백운산방 주인의 신선 같은 웃음과, 자연을 닮아가는 문우의 순수한 모습도 곧 대할 수 있으리라.

인간은 누구나 흙을 그리워하며 살아간다. 종국에는 한줌의 흙으로 돌아가야 하는 원초적인 향수 때문일 것이다. 하지만 자신을 길들여 온 오랜 관습의 굴레로부터 벗어나기는 힘들다. 평생을 이어 온 친분과 문명에 길들여진 편리한 생활을 희생하기는 어려운 법이다. 어느 한 가지도 버리지 못하는 나에 비해 그분들의 삶은 존경과 경외뿐이다. 그들이 기득권을 포기할 수 있었던 것은 자연과 맑은 공기만을 사랑해서가 아니라 무언가 삶의 근원적인 기쁨을 찾았기 때문이라는 것을 안다. 내가 꿈꾸던 삶은 상상 속에서만 존재하는 사상누각인지도 모른다.

점심이 끝나면 세미나가 시작될 예정이다. 수필작법이나 소재, 장르적 특성에 대한 강의를 듣게 되겠지만 '철학은 배우는 것이 아니라, 스스로 생각하는 것이다'라는 어느 철학자의 말처럼, 문학은 배우는 것이 아니라 스스로 생각해 가는 과정 속에서 만나게 될 진실이 아닐까 싶다.

오랜 생각 끝에 얻은 분명한 대답 하나, 그것은 내 삶이 비록 성공적이지는 못하지만 늦게나마 글을 쓰며 산다는 것은 축복이라는 결론이다.

일몰이 더 아름답듯이 글을 쓰며 살아갈 남은 생을 사랑한다.

(1996.)

아름다운 이별

　돌아보지 않는 아들의 뒷모습을 한동안 지켜보다 발걸음을 옮긴다. 갑자기 홀로 외면 당한 듯 외로워진다. 사십이 넘은 아들이 부모에게 더 있다 들어가시라고 붙들 리 없건만, 한 시간 남짓 여유가 있는데도 서둘러 출국장으로 들어서는 아들이 오늘따라 섭섭하기만 하다. 손이라도 잡고 좀더 아들과 머물고 싶었던 것일까. 아니면 요즘 들어 부쩍 많이 겪은 이별의 후유증 때문일까.

　언제부터인가, 주말 행사처럼 이어지던 혼사가 차츰 문상 가는 일로 바뀌기 시작하더니 금년 봄부터는 참으로 많은 이별을 경험했다. 아끼고 사랑하던 친구를 둘이나 떠나보낸 슬픔에서 헤어나기도 전에 또 한 친구가 남편을 잃었고, 얼마 전에는 제부(弟夫)까지 먼저 보내야 하는 아픔을 겪었다. 산다는 것이 그렇게 허망하게 느껴질 수가 없었다. 어이없는 이별을 속수무책으로 바라보며 견뎌야 하는 인간의 무력한 한계에 가슴만 무너져 내릴 뿐이었다.

늙는다는 것은 이처럼 가까운 이웃의 죽음을 경험하는 일이며, 산다는 것은 만남과 헤어짐의 연속인가 보다. 젊은 날에는 뜻하지 않게 좋은 만남들을 경험했건만, 나이 들어서는 크고 작은 이별로 자주 죽음을 생각하게 된다. 죽음은 우리가 보내는 시간 속에 낮과 밤처럼 이어져 있음을 모르지 않으면서도 나와는 상관없는 일처럼 잊고 살아간다. 그러나 그것이 인간의 속성임을 어찌하겠는가. 보내기에는 너무나 억울한 벗과 형제를 떠나보낸 울적한 심사가 아들과 잠시 헤어지는 이 짧은 이별에도 혼자 남겨진 것 같은 외로움에 투정을 부렸었나 보다.

안식년으로 미국에 가 있는 아들이 학회 일로 잠깐 귀국을 했었다. 가족을 두고 혼자 왔으니 예전처럼 내 아들로만 며칠을 보내고 싶었다. 그러나 그것은 빗나간 기대였다. 아들은 학회로 연구실로 짧은 시간에 할 일이 너무도 많았다. 좋아하는 반찬을 만들어 놓아도 저녁은 주말이 아니면 같이 하기가 힘들었다. 할 말은 많이 있는 것 같은데, 대화도 전처럼 이어지지가 않았다. 시간의 흐름은 모자간에도 건너기 어려운 강을 만드는 모양이었다. 함께 TV를 보아도 머리는 저마다 다른 상념에 빠진다. 이제 내게도 차츰 관계를 접는 이별, 그 영원한 이별의 연습이 필요한 때가 서서히 오는 것이 아닐까. 그러나 죽음은 생명이 끝나는 것이지 관계가 끝나는 것은 아니지 않는가. 어느새 희끗희끗하게 변한 아들의 머리가 새치라고 하기에는 너무나 많다. 아직은 쉴 나이가 아닌데 사는 것이 힘들어서일까, 연구가 어려워서일까, 불현듯 어미의 마음은 연민으로 바뀐다. 그 짧은 일정에 발표다, 논문 심사다, 얼마나 바빴으면 자상한 이 애가 이리도 무심하게 변할 수 있을까.

아들을 보내고 돌아오는 차창으로 펼쳐진 시야는 울적한 내 마음과는 달리 푸르고 희망차다. 개발이라는 이름으로 하늘을 치솟는 건물은 외곽도 예외가 아니었다. 자유로로 들어서자 지난날 불모의 땅처럼 버려졌던 난지도 공원에서는 풍력 발전기가 힘차게 돌아가고, 도로변에는 세계 각국의 깃발이 하오의 햇살에 눈부시다. 이렇게 세상은 해를 거듭할수록 새롭게 변모해 가는데, 인간은 왜 세월의 무게를 견디지 못하고 날로 쇠잔해만 가는 것일까.

요즘 들어 오늘처럼 부쩍 피로와 권태가 밀려오는 날이 많아졌다. 그럴 때면 못 이기는 척 세월에 맡겨 버리자는 생각이 든다. 그리고 더 이상 욕심 부리지 말자는 생각을 하게 된다. 큰 탈없이 자라 자신의 일에 책임을 다하는 자식들이 있고, 자식보다 더 큰 손자는 그 장성이 미더우며, 어린 손자 손녀들의 재롱이 눈물겹도록 사랑스럽지 않은가. 이런 많은 신(神)의 선물을 받고도 늙는다는 것을 아쉽고 허망하게만 생각한다면 나는 정말로 욕심 많은 노인에 지나지 않을 것이다.

그렇게 마음 비우고 감사하는 마음으로 하루하루를 살다보면 나 또한 어느 날 삶과 죽음의 경계를 맞이하게 되겠지. 그날을 위해 내가 할 수 있는 일이란, 아름다운 이별을 조금씩 준비해 두는 것이리라.

(2002.)

노래 없이 살 수 없었던 여인

한 여인의 삶이 무대 위에 올려졌다. 불행한 삶의 상처를 샹송이라는 매체로, 사랑이라는 영원성으로 승화시킨 에디뜨 삐아프의 생애를 그린 샹송 드라마다. 최후의 작품인 「후회하지 않으리」를 부른 4년 뒤 1959년 48세의 짧은 생을 마감한 그녀는 행복과는 거리가 먼 여인이었다.

삶의 동반자는 불행이었고 끊임없이 사랑을 찾아 방황했지만, 사랑도 그녀에게는 관대하지 못했다. 다만 고통을 노래로 표출시킬 수 있는 능력만을 배려 받았다고나 할까. 작은 체구에서 힘있게 울려 퍼지는 목소리, 그 구슬프게 떨리는 창법은 슬픔을 노래하기에 적절했다. 만약 그가 겪었던 삶의 파도 없이 사랑과 행복한 가정에만 안주했다면, 그토록 애절한 노래를 부를 수 있었을까. 어느 한쪽이 희생되지 않으면 이룩할 수 없는 경지일 것이다.

19년 전, 유관순 기념관으로 기억된다. 음향기기도 무대도 미비했지만, 주인공으로 분한 '윤복희'의 가창력은 훌륭했다. 그는 젊고 발랄했으며 크지 않은 체구에 예쁜 다리와 쇼트 커트가 잘 어울리는 가수였다. 공연은 관객을 유치하는데도 성공을 거두었지만, 이를 계기로 뮤지컬이 연극계의 새로운 장르로 등장하기 시작했다.

20년이 지난 오늘, 열악했던 연극계의 상황도 사뭇 달라졌고 음향도 완벽에 가깝게 느껴진다. 회전무대로 전개되는 몽마르뜨 언덕이나, 맨하탄의 야경도 그 시대를 풍미할 만하다.

안개가 스산하게 깔린 파리 근교 라세즈에 있는 그녀의 묘지, 전 남편 레이몽과 친구인 마르그리트와 폴이 10주기를 맞아 찾아와 전날의 추억을 더듬는다. 안개꽃 같은 만감이 피어나면서 삐아프의 우울한 노래가 블루 톤의 선율 위에 깔린다. 어린 시절의 방황과 고뇌, 사랑을 희구하는 불꽃 튀는 정열, 끊임없이 상처 입으면서도, 사랑의 열망을 버리지 못한 서글픈 여인의 삶이 투명하게 조명된다.

어찌된 일일까. 전날의 같은 무대에서 전혀 느끼지도, 예측할 수도 없었던 세월의 긴 그림자는 두 주인공의 모습과 삶을 동일한 인물로 일치시켜 준다. 젊고 발랄한 모습에서 어느새 50대 초로로 변한 체구, 끈적끈적하게 묻어나는 영혼의 소리로, 애절하게 부르는 「장밋빛 인생」「사랑의 찬가」「후회하지 않으리」는 윤복희인지, 삐아프의 노래인지 모를 혼돈에 빠지게 한다. 불우했던 어린 시절 인생의 좌절과 희열의 양극을 걸으며 고독과 외로움을 달랜 두 사람의 운명도 비슷하다. 삐아프가 쟝 콕도와 모리스 슈발리에를 만난 인연이나, 18세의 윤복희가 챨스 메이더를 만나 세계 무대에 진출한 것도 같은 맥락이 아닐까. 삶의 무게와 이별의 공허를 노래로 달랬고, 사랑의 환희와 기쁨도 노래에 실었다. 왜 노래를 하느냐고 묻는 것은, '왜 숨을 쉬느냐고 묻는 것과 같다. 노래는 호흡이다.'라는 독백 또한 두 사람의 공통된 대답일지 모른다.

뜨거운 갈채 뒤에도 불면증과 알코올의 시달렸던 파란만장한 짧은 생애에 연민을 느낀다. 한 분야에 성공을 거둔 프로로, 만능 엔터테이너로 살다 간 끼와 노력에 찬사를 보낸다. 각자의 타고난 재질도, 무한한 잠재력도 피땀 흘려 개발하지 않으면 본성에서 벗어날 수 없고, 개성이 따르지 않는 예술은 제 가치를 평가받지 못한다. 그의 영혼이 담긴 주옥 같은 노래들은 파리의 상징으로 영원히 남을 것이다.

평범한 시민으로 편안하게만 살았다 해서 행복한 삶이라고 말할 수 없으며, 사랑에 상처 입었다고 해서 불행하다 말할 수는 없다. 돌아보면 사랑도 순간일 뿐 영원하지 않다. 불우했지만 세기적인 인물로 우뚝 선 열정은 불행을 초월한 인간 승리가 아닐까.

오페라 하우스에서 뿜어대는 열기에 숨죽인 가로등, 가지 끝에서 명멸하는 불꽃들이 찬바람에 춤을 춘다. 파리의 하늘 밑인지 서울 거리인지 모를 몽롱한 의식 속으로 '터미널, 강남역'을 외쳐대는 소리에 정신을 차린다. 셔틀버스로 둔갑한 일반버스의 호객 소리인 모양이다.

하늘이 무너져 내리고/ 땅이 꺼져버린다 해도/
그대만 날 사랑한다면/ 무슨 상관이 있으리/

아득히 먼 곳에서 작고 가늘게 들리던 노래가 폭풍우가 되어 사라질 줄 모르고 우면산 기슭을 흔들고 있다.

노래 없이 살 수 없었던 여인, 사랑 없이는 살 수 없었던 여인.

(1996.)

유년幼年의 뜰

　유년의 뜰은 푸르고 무성하다. 세월이 지나도 바랠 줄 모르는 영원의 빛깔로 그려진 녹색의 그림이다.

　동심의 강에는 끝없이 흐르는 흰 구름과 실개천을 따라 줄지어 선 미루나무가 있다. 조무래기들의 재잘거림과 풀벌레의 합창이 어우러진 콩밭 둑에는 어지러운 고추잠자리의 춤이 있다. 저녁연기 모락모락 피어오르는 초가지붕을 가득 덮은 하얀 박꽃엔 초저녁 달빛이 머물고, 푸르스름한 별 밤은 마을을 포근히 감싼다. 멍석에 누워 은하수를 바라보며 내 별을 외치던 함성은 어디로 갔으며 그 숱한 꿈과 소망의 잎을 달았던 미루나무는 어디로 자리바꿈을 한 것일까.

　미완(未完)의 그림으로 끝나는 삶이지만, 수많은 기억들로 채워진 유년의 뜰은 영혼을 맑게 해주는 그리움이며 향수다.

넓은 포도원을 가진 외가댁과 고모님댁이 있었던 소래(蘇萊)는 내게 고향보다 진한 추억으로 남아 있는 곳이다. 친손자가 없는 할머니의 사랑은 외손녀의 독차지였다. 앞마당에 정성스럽게 가꾼 꽃들은 저마다 향기와 교태를 내뿜고, 뒷문 밖에는 하늘을 가린 잎들의 보호 속에 주렁주렁 영글어 가는 포도송이가 장관이었다. 고구마와 옥수수가 간식의 전부인 시골이었지만, 할머니의 다락은 달랐다. 늘 주전부리로 그득했다. 효자인 외삼촌께서 사다 드린 카스텔라며 박하사탕, 땅콩과 과자가 어울려 빚어내던 달콤한 향기에 풀방구리 쥐 드나들듯 다락문은 쉴 날이 없었다.

　작은 내 하나를 건넌 고모님댁은 사촌동생들이 많았다. 한 살 차이인 남동생과는 유난히 사이가 좋았고, 그들과 어울린 시간은 짧기만 했다. 해지는 줄 모르고 들녘을 쏘다니다 밤이면 내별을 찾는다고 목청을 높였다. 보리밥에 열무김치와 고추장을 넣어 비벼먹으며 매워서 쩔쩔매던 그 때의 맛을, 입맛 없는 여름에 가끔 흉내 내보기도 하지만, 고모님의 감칠맛 나는 손맛과 정성 들여 가꾼 무공해 채소 때문일까, 아니면 매운 것 잘 먹는다는 칭찬에 우쭐해서 먹은 탓일까, 그 맛은 지금도 잊을 수가 없다.

　언제부터인가, 할머니와 떨어지는 섭섭함보다 동생과 헤어지는 아쉬움이 더 크게 느껴지기 시작했다. 개학이 다가오면 다시 방학을 기다리는 철부지 소녀는 도시에 살면서도 늘 시골의 향수에 목말라 했다.

개학날이 빠듯해서 서울행 버스를 타던 어느 날, 마음은 소래의 들녘을 헤매고 수없이 나눈 송별 인사에도 아직 할 말을 못한 것처럼 아쉽기만 했다. 그런 내 마음도 모르는 채 떠나려는 버스로 얼핏 동생의 모습이 비쳤다. 얼떨결에 하얀 봉투를 건네 받았고, 물을 사이도 없이 버스는 떠났다. 나는 움켜쥐듯 두 손에 감싸 안고 그대로 한참을 달렸다. '뱀내 장터'를 지나 '웃 대꿀'을 치닫는 버스 뒤로 뽀얗게 흙먼지가 구름처럼 피어오르다 흩어졌다. 신작로에 늘어선 미루나무며 산마다 녹음은 한껏 푸르고 과수원마다 과실은 짙게 여물어 가고 있었다. 감동만큼이나, 자연은 아름답게 펼쳐지고 여름밤의 추억들이 신기루처럼 나타났다 사라지곤 했다.

봉투에는 꼬깃꼬깃하게 접은 돈이 들어 있었다. 누이에게 선물을 주고 싶었을 동생, 살 것이 없는 시골 마을에서 며칠을 궁리하다 주었을 꾸겨진 돈을 만지는 손이 가늘게 떨렸다. 가슴 밑바닥에서 쿵쿵 방망이질 소리도 들려오는 것 같았다. 적지 않은 돈인데 어떻게 마련했을까. 고모에게 떼를 쓴 것은 아닐까.

책상 깊숙이 간직한 채 행복한 날이 이어졌다. 무엇을 살까. 동생을 위해 쓰고 싶었다. 사고 싶은 선물은 날마다 바뀌어 가고, 서랍 속의 돈을 확인하면 흐뭇했다. 오랜 생각 끝에 동생에게 줄 선물로 그때 유행하던 운동화를 샀고, 기다리는 방학날은 조금씩 가까워 왔다. 세상에 태어나 처음으로 그리움을 알게 된 나이였다.

지금은 그 때의 포도밭도 실개천에 줄지어 선 미루나무도 없다. 세월 따라 외할머니의 기억도 가물가물 사라져간다. 황폐하게 들어선 아파트와 아스팔트, 곳곳에 널려 있는 노래방 간판, 세련되지 않은 중소도시의 왁자지껄한 모습으로 변했지만, 추억 속의 '소래'는 퇴색되지 않는 그림으로 풋풋하게 살아있다.

어제 삼성병원에서 83세를 일기로 고모님이 유명을 달리 하셨다. 갑자기 쓰러지신 후 2개월 반 동안 6남매의 극진한 효도와 간호를 받으시다가 절기 좋은 가을날 떠나셨다. 이승을 떠나는 순간까지 자식들을 헤아렸음일까.

영정에서 미소 짓는 고모님을 뵙자 왈칵 눈물이 괴어왔다. 어느새 반백으로 변해가는 동생과 사위들의 의젓한 모습이 서글픈 가운데 흐뭇함으로 겹쳐진다. 화환에서 뿜어대는 그윽한 국화 향이 고모님의 인품인 듯 잔잔하게 퍼져온다. 자신의 온몸을 녹여가며 6남매를 끌어안았던 강인한 신념은, 자식들에게 자신보다 나은 삶으로 세상에 깊고 우람한 뿌리를 내렸다.

장사진을 이룬 문상객들을 보면서 "우리 아들 우리 아들 하시던 어머니가 이걸 보셨어야 하는데" 하는 딸들의 말이 여운을 남긴다.

찰나를 살다가 영원으로 돌아가는 생일지라도 생과 사는 절연된 상태에 있는 것이 아니라, 이처럼 낮과 밤처럼 이어져 있는 것이다. 순환의 질서를 지켜가는 자연의 이치를 보는 듯 했다.

이제 열무김치에 보리밥을 비벼 주시던 고모님의 모습은 볼 수 없지만, 고모를 닮아가는 동생들이 여기 있다. 반백의 동생과 손을 잡으며 어깨를 감싼다. 따스한 체온에 어린 날의 추억이 묻어온다. 초로의 모습에도 순진무구했던 소년의 모습은 어딘가 남아 있다.

평온처럼 쌓여 가는 가을볕에 나의 유년이 저만큼에서 보인다.

유년의 뜰은 푸르고 행복하다.

(1996.)

남자의 눈물

경쟁의 세계는 참으로 냉혹한 것이다. 승자의 환한 웃음 뒤에는 패자의 눈물이 있게 마련이다. 큰 야망을 접고 정계를 떠나는 한 정치인이 "법과 원칙을 바로 세우는 게 평생의 소원이었는데…" 하다가는 미처 말끝을 맺지 못하고 눈물을 흘렸다. 이루지 못한 것에 대한 깊은 회한(悔恨)이자 결과에 대한 승복이었다. 보는 이의 눈시울마저 젖어 들게 했다.

남자의 눈물이 금기시되던 시대를 살아온 남자, 그런 남자의 눈물과 가늘게 흔들리던 어깨가 나를 당황케 했다. 그 아픔이 얼마나 컸으면 하는 곤혹 속으로 잠시 몰고 갔다. 패배의 쓰라림보다 자기를 위해 밤낮으로 애써준 이들에겐 부끄럽고, 믿고 지지해준 유권자들에게는 또 얼마나 미안할까. 아마 그보다 자신이 가진 능력의 한계에 대한 당혹감이 그를 더 괴롭

히고 있을지도 모른다.

감정을 드러내는 것을 부덕시했던 우리 전통사회에서 남자
는 태어날 때와 부모님이 돌아가셨을 때 등 평생 세 번만 울
어야 한다고 가르쳐 왔다. 남자는 남자라는 이유만으로도 강
해져야 했으며, 가부장다운 권위와 위엄을 지켜야 했기에 함
부로 울지 못했다. 그래서 예전에 남자들은 우는 법을 잊어버
렸던 것일까.

내 남편도 울지 않는 사람이었다. 아니 눈물이 없는 사람 같
았다. 결혼 초에야 그런 것마저 심지가 굳은 남자다운 기백으
로 보였지만, 살아가면서 아무리 감동적인 일이나 슬픈 영화
를 보아도 눈물 한 방울 흘리지 않는 남편이 때론 밉고 몰인
정한 사람처럼 느껴졌다.

그런 남편이 눈물을 흘리는 것을 처음으로 본 것은 결혼하
고 8년이 지날 무렵, 아버님이 돌아가시고 나서였다. 어느 날
청천벽력 같은 아버님의 죽음을 받아들여야 했을 때 그 슬픔
을 어떻게 말로 다할 수 있을까. 뇌출혈로 쓰러지시고 한 마디
말도 없이 이틀 만에 돌아가셨으니, 남편은 장례를 치르는 동
안 그 큰 눈에서 눈물만 뚝뚝 흘리고 있었다. 외아들로 태어나
제대로 효도 한 번 못한 불효가 가슴에 사무쳐서 막혔던 눈물
이 봇물처럼 터졌었나 보다. 일흔둘이면 아직은 더 사실 수 있
는 연세인데 그렇게 보내 드려야 하는 이별의 아픔과 처음 보

는 남편의 눈물을 보며 나는 당황하여 어찌할 바를 몰랐다. 그러나 이 엄청난 슬픔과, 아버님의 부재(不在)에도 무심한 세월은 여전히 흘러갔고, 그 후에도 두어 번 자신의 실수나 회사일로 크게 눈물을 흘렸던 것을 보면 남편도 울 줄 모르는 것이 아니라 남자이기에 애써 참고 살아 온 게 아닌가 하는 생각이 든다.

그러나 세월의 흐름은 누구나 외면할 수는 없는 것인지 요즘 들어 많은 변화가 생겼다. 그렇게 눈물이 없던 남편이 조금씩 달라져 가는 것이다. 영화를 보거나 드라마의 감동적인 장면에서 내가 눈물을 닦다가 돌아보면 심상치 않은 남편의 감정을 목격하게 되니 말이다. 나이가 들어서 마음이 약해진 탓일까, 아니면 눈물이 흔한 사람과 오래 살다보니 동화가 되어가는 것인지 알 수가 없다. 하기야 이제 남성의 권위주의를 부르짖을 시대도 지났고, 이미 가부장적인 체면에서 벗어나도될 나이가 아닌가.

세월의 변화는 그뿐만이 아니다. 여성들의 전유물인 줄로만알았던 목걸이나 귀고리 같은 장신구를 남성들도 하게 되었고, 모습 또한 여성화되어 간다. 그래서 요즘은 '꽃미남'이라는 말까지 생겨났을 정도가 아닌가. 머리를 길게 기르고 화려한 옷을 입은 사람을 보면 성별을 구별하기조차 어려울 때가 많다. 게다가 법조계나 정계, 학교나 직장에서도 전례 없이 여성이

차지하는 비율이 높아만 간다.

이런 시대에서 남자의 눈물이 조금도 이상할 리 없건만, 한 남자의 눈물이 내 마음을 아프게 하는 까닭은 왜일까. 아직도 벗어나지 못한 고정 관념의 인식 때문에 조금은 놀랍고, 그래서 충격이 되어 내 의식을 두드렸던 것인가 보다.

그러나 이제 눈물은 나약한 남자만이 흘리는 것이 아니다. 예수님도 나사로의 죽음을 알고 우셨다지 않은가.

영국에서는 다이애나 황태자비가 교통사고로 죽자 국민들이 눈물을 너무 많이 흘려 정신병원을 찾는 우울증 환자가 절반으로 줄었었다고 들었다. 실컷 울고 카타르시스를 느꼈기 때문이라는 분석이다. 웃음이 건강에 좋은 것처럼 울음 역시 건강에 좋다고 한다. 눈물을 "신이 인간에게 준 치유의 물"이라고 했듯이, 남자의 평균 수명이 더 짧은 이유 중 하나가 여자보다 덜 울기 때문이라고 한다.

남자도 감정을 억제치 말고 울기를 바란다. 눈물은 스스로 자신에게 건네는 격려요 다짐이기도 하지만 감정의 표현이고 스트레스의 해소다. 다른 사람을 위해 울어주기도 하고, 때론 한 편의 시를 읽고 조용히 눈물을 훔칠 수도 있으며, 복받치는 감정을 억제치 못해 어깨를 들먹일 수도 있다.

남자들이여, 울음을 참지 말라.

(2002.)

망설임 없이 떠나고 싶은 여행

　남해는 아름다웠다. 쪽빛 바다에 그림처럼 떠 있는 크고 작은 검푸른 섬, 하늘 끝인지 바다인지 모를 아득한 수평선, 용암은 식어 산과 바위가 되고 빙하는 녹아 강이 되고 바다가 된 무한한 시공이 외경스럽다.

　삼복더위에 삼대가 달려온 고생도 녹아들 것 같은 절경이다. 방학을 이용한 열두 명의 대가족 여행이었다. 남편 친구분의 배려로 완도의 한 호텔에 여장을 풀었다. 바다는 텅 비어 있으나 충만감으로 가득했다. 어느 날 우연히 들은 라디오 방송에서 세계 삼대 미항(美港) 중에 남해가 들어가지 않은 것은 유감이며, 아마도 이곳을 답사 전에 결정했을 것이라는 아나운서의 말을 듣고 혼자 웃었던 일이 새삼스럽게 기억난다.

　신지도(薪智島)의 명사십리 해수욕장을 거쳐 오늘은 보길도

행이다. 「어부사시사(漁父四時詞)」를 쓴 고산(孤山 尹善道)이 이곳을 지나다가 이 섬의 아름다움에 반해 정착했다는 섬이다. 완도에서 카페리로 한 시간 삼십 분이 걸린다는 말에 나는 기뻤다. 남해의 절경 속에서 시원한 해상 관광은 길수록 좋을 것이라고 생각했기 때문이다. 그러나 그것은 착각이었다.

배 안은 한증막을 방불케 했고, 선실은 의자가 있는 방과 온돌처럼 비닐 장판이 깔린 두 개의 방으로 나뉘어져 있다. 게다가 불투명하게 꽉 막힌 창문에는 빈틈없이 못이 박혀져 있었다. 난방 시설이 부실했던 오십 년대, 외풍을 막으려고 창문을 비닐로 막아 월동을 했던 과거를 생각나게 했다. 바람 한 점 들어올 수 없는 창은 건조 후 한 번도 닦지 않은 듯 뿌예 바다가 보이지 않았다. 바닥은 먼지로 가득하고 무료함을 잊으려는 듯 고스톱을 치는 사람이나 누워 있는 사람, 모두가 관광객이 아니라 패잔병의 모습이다. 그 속에서도 코를 찌르는 오징어 냄새와 땀 냄새는 머리를 혼미하게 만들었다.

배 안은 견딜 수가 없어 바다나 보려고 밖으로 나섰다. 그늘 없는 갑판에도 먹다 버린 깡통과 과자 봉투들이 나뒹굴고 있었다. 헛디뎠다간 넘어지기 십상이었다. 보길도로 향하는 바다는 뱃길만 남겨 놓고 양식장이 되어 있었다. 만원은 육지만이 아니었다. 외국인 부부가 화장실을 묻는데 가보지도 않은 내가 공연히 얼굴이 붉어지고 민망해지는 것은 웬일일까. 아무리 아름다운 자연도 가꾸고 공중도덕을 지키지 않으면 소용이 없다. 다시 들어와 눈을 감고 잠을 청해본다. 더위에 잠은 오지 않고 언젠가 북유럽 관광에서 탔던 그림 같은 선실이 그리움으로 다가선다.

노르웨이의 서쪽 베르겐(BERGEN)을 가기 위해 구드방겐(GUDUVANGEN)까지 두 시간 삼십 분 동안 작은 여객선을 탄 일이 있었다. 그때 선내가 너무 청결해서 실수를 할까 봐 공연히 신경이 쓰인 일이 생각났다. 각종 식물로 꾸며진 검소한 실내 분위기는 아름다웠고, 꽃향기로 가득했던 화장실을 친구들과 번갈아 드나들며 감탄하던 기억, 말간 유리창으로 보이던 바닷가의 주택들은 가히 환상적이었다. 가져다 놓은 커피 한 잔에 이 배를 탈 수 있었던 행운에 감사의 기도까지 올렸던 묘한 기분을 지금도 잊을 수가 없다. 새로운 풍물을 접하고 역사를 배우는 것만이 관광의 몫은 아니다. 그 배를 탈 수 있었던 시간들은 내게 값진 여행의 의미를 생각케 했다. 그것이 바로 여행에서 얻게 되는 선물이며 추억이 아닐까.

우리나라에도 관광객을 유치할 만한 수려한 자연과 사계(四季)가 있으면서도 거기에 부응하는 편의 시설이 없고 공중도덕을 지킬 줄 모르는 민도가 안타까울 뿐이다.

보길도의 진주 예송리(禮松里) 상록수림(常綠樹林), 까만 조약돌이 깔린 긴 해안선, 부서지는 투명한 물빛, 선홍빛으로 붉게 피어난 봄날의 동백꽃 향연은 상상만으로도 장관이다. 바람이 흔들어 눈물처럼 떨어지는 꽃잎을 바라보며 어찌 고산이 시를 읊지 않을 수 있었을까. 어느 해 봄이고 다시 찾고 싶은 예송리 동백 숲, 그러나 그 배를 타야 하는 불편이 나를 망설이게 할까 두렵다.

그러나 호텔 야외 카페에서 바라본 일몰만은 황홀했다. 일몰이 장관이라는 플로리다의 최남단인 키웨스트에서 엄숙히 바다 속으로 빠져들던 붉은 태양의 잔영(殘影)과 무엇이 다르겠는가. 그 순간을 뜨거운 박수 갈채로 송별하던 그들의 모습과, 먹고 마시며 떠드는 우리의 정서가 다를 뿐이다. 어디고 그늘만 있으면 돗자리를 펴고 고기를 굽기 시작하는 것은 우리의 오래된 습관이다. 가족 나들이를 통해 화목을 도모하고 함께 음식을 먹는 우리의 풍속도 자랑일 수는 있다. 하지만 타인을 생각할 줄 아는 배려가 우선 되어야 하지 않을까.

산업화로 비대해져 가는 우리, 선진 대열에 우뚝 선 만큼 공중도덕을 지킬 줄 아는 국민으로 발돋움해야 한다. 쓰레기에 자연은 훼손되고 강산은 썩어간다. 획기적인 아이디어를 창출하는 부단한 노력과 나라 사랑이 화급하다.

언제고 마음만 먹으면 망설이지 않고 떠날 수 있는 여행을 꿈꾼다. 남해의 여름은 아름다웠다고, 서슴없이 말할 수 있는 날을 고대한다.

(1997.)

새해에 그리는 그림

어제를 떨쳐버린 기묘년의 새해가 밝았다. 투명한 햇살, 바람소리 또한 어제와 다르지 않지만 새로운 시작이라는 신선함이 마음을 설레게 한다. 반복되는 후회와 아쉬움 속에도 새해는 언제나 막연한 기대로 다가선다. 이처럼 산다는 것은 끊임없는 소망의 연속이며 그 여정은 정상에 목표를 두고 달리게 마련이다. 결국은 다시 내려서야 할 길이지만, 영원히 머물 것처럼 숨가쁘게 달려간다.

'라니냐'의 현상으로 성급히 한파를 예보했던 빗나간 난동이 예년의 기온을 웃돈다. 새해는 다르게 살고 싶다. 나이가 주는 교훈인지는 몰라도 자신의 삶을 반듯하게 정리하고 싶다. 가지치기를 막 끝낸 정원의 나무들처럼 기품 있고 단정한 모습으로 많은 것을 담고도 넘치지 않고 퍼내어도 속을 드러내지 않는 자연에서 위대함을 배우며, 놓쳐버린 빈손을 바라보는 눈길에 여유로움을 갖는 것도 나이가 준 선물이라 믿자. 낙엽을 턴 성긴 나뭇가지 사이로 보이는 겨울숲은 분주한 삶에서 풀려난 노년의 모습과 같다.

문명의 편리함에 길들여져 삶의 순수한 향기마저 잊고 살아온 긴 세월, 지금의 안식도 결국은 잠시 머물다 떠나는 길손이 아니겠는가. 꽃이 피면 낙엽이 지듯, 자연의 질서 속에 자라고 귀속되는 순리에 적응해가며 얼마일지 모르는 남은 시간을 좋아하는 일에 몰두하며 살고 싶다.

언제부터인가, 가슴 한복판을 비집고 들어선 그림 하나가 새해 들어 모양새를 갖추어 간다. 안개의 베일에 가려 선명하지 않던 그림이 윤곽을 드러낸다 새벽 풀잎처럼 영롱하게. 꼭 이루어야겠다는 계획도 그럴 만한 자신도 없지만, 그림 속에 안주하면 행복하고 포근해서 한참을 머물곤 한다.

숲이 보이는 희고 작은 공간, 말갛게 닦여진 작은 유리창으로 아침을 연다. 푸름은 이미 퇴색되었을지라도 하늘이 보이고 숲이 보이면 그만이다. 통유리로 확 트인 한강변의 호화 아파트보다 이 나이에 걸맞는 작은 공간 틈새로 보는 호젓한 풍경에 훨씬 애정이 간다.

늠름하게 깨어나는 새벽숲에서 의연함을 배우고, 스며드는 햇살에 적요하지만 외롭지 않게 오늘을 사는 자신에 만족한다. 아직도 창 밖은 나목뿐인데 양지바른 창가에 소담스럽게 피어난 제라늄의 진홍색 꽃망울에서 잔잔히 묻어나는 초록의 향기가 노년을 잊게 한다.

그림 한두 점, 손때 묻은 소품과 오디오, TV와 책 몇 권이 전부인 휑한 공간일지라도 식탁에 꽃과 예쁜 촛대만은 준비하고 싶다. 거칠 것 없는 조용한 거실에 잔잔히 흐르는 감미로운 선율, 비록 찬은 없어도 촛불을 밝힌 여왕처럼 우아한 저녁을 맞으리라.

아이들이 온다는 느닷없는 전화에는 별식을 궁리하느라 커피가 식는 줄도 모를 테고 불현듯 부모님 생각에, 분주함으로 소원했던 자신을 나무라며 황망히 달력을 더듬겠지.

앞날에 대해 아무 것도 확신할 수 없는 나이지만, 꿈을 꾸며 산다는 것은 얼마나 행복한 일인가. 그 꿈은 오랫동안 잠든 나의 감성에 다시 윤활유를 뿌리고 삶의 의미를 재충전해준다.

준비 없이 노년을 맞아야 했던 지난날의 노인들과는 다르게 살아야 한다. 자신만의 소일거리에 몰두해 외로움을 달래고 가끔은 지난날의 추억도 반추하며 나일 수밖에 없었던 것들에 미움 없는 아량도 베풀면서…. 내게 주어진 오늘을 마음껏 사랑하며 모든 중심에서 한 발짝 물러나 내면을 성찰하고 연륜에 맞는 후덕함으로 꾸부정해지는 몸과 마음을 단정하게 추슬러 보자.

어슴푸레했던 상상의 조각들이 새해 들어 비록 미완이기는 해도 건물의 조감도처럼 모양새를 갖추어 간다. 그러나 이 그림이 제대로 완성이 되어갈지 아닐지는 아무도 모른다. 이루어지면 다행이고 그렇지 않아도 무방하다.

도달하지 못한 꿈은 미완성이며 미완성은 그리움이라 하지 않던가. 언제나 그림 안에 안주하는 시간은 행복할 것이고, 이룬다 해도 오래 머물지 못할 길손이 아닌가.

삶이 깊어갈수록 고이는 소망들이 새해 들어 나만의 그림으로 완성되어간다.

(1994.)

보너스로 얻은 삶

비상 신호음을 울리는 119구급차 안에는 어둠보다 짙은 절망감만 흐르고 있었다. 칠흑 같은 어둠 속에 맴도는 거친 호흡, 바작바작 타들어 가는 고통을 지탱해 주는 것은 두 손에 느껴지는 남편과 아들의 따스한 체온뿐이다. 눈과 머리를 동여맨 내 귀에 들리는 웽웽 하는 소리는 지구 저편에서 들리는 듯 아득하게만 느껴진다. 거리에서 앰뷸런스나 119구급차에 길을 양보하면서도 삶과 죽음의 경각에 선 낯선 사람을 막연히 떠올릴 뿐, 나와는 다른 세상의 일로만 생각했다.

사고는 도처에 도사리고 있어 예고도 없이 닥쳐온다. 오늘 사고도 추석날 새벽에 일어난 뜻밖의 일이었다. 차례 준비를 끝내고 손자들의 한복도 곱게 다려 놓았다. 부엌에선 둘째며느리가 나물 볶을 준비를 하고, 아들은 이른 커피를 마시고 있었다. 토란탕을 끓이려고 육수가 들어 있는 들통을 드는데 꽤 무겁다고 느끼는 순간 그만 미끄러지고 말았다. 국물을 엎지르지 않으려고 꼭 잡는 바람에, 뒤집혀진 스테인드글래스의 예리한 뚜껑에 얼굴을 다친 것이다. 쾅하는 소리에 놀라 달려온 아들 며느리가 부축하다가 울음 섞인 비명으로 119를 외친다. 가족들의 울부짖는 아우성, 지혈을 시키는 남편, 즐거워야 할 추석 아침은 수라장으로 변해버렸다.

눈을 뜰 수조차 없었으나 다친 부위를 알고 싶지도 않았다. 상처의 고통은 뒷전이고 죽음보다 못할 앞날이 아프기만 했다. 구조대원을 밀친 아들의 등에 업혀 머리에 스치는 생각은 '소롭티미스트' 총재의 책임이었다. 무책임하게 두 번씩이나 사퇴를 할 수도 없는 이 일을 어떻게 한단 말인가. 아직은 자신과 자식, 부모로서도 할 일이 남았는데 암담하기만 했다. 그런 가운데서도 내 무거운 체중이 아들을 다치게 하지 않을까 하는 걱정에 어떤 자세가 무게를 덜 느끼게 할까 몸을 뒤척였다.

종합병원 응급실은 연휴라 의사도 간호사도 모자랐다. 사방에서 환자의 신음 소리와, 응급 처치를 기다리는 가족들의 푸념뿐이다. 남편의 친구인 윤 박사에게 응급처치를 받아야겠다는 남편의 다급한 음성과 X-Ray를 찍는 것이 우선이라는 아이들의 목소리가 엇갈릴 뿐 속수무책이었다.

궁하면 통한다고 갑자기 떠오르는 생각, 이 병원 성형외과

전문의가 된 친구의 아들이 생각났다. 나는 거침없이 친구의 전화번호를 불렀고, 남편은 다이얼을 돌렸다. 차례를 지내려고 본가에 왔던 그는 15분만에 병원으로 달려왔다. 다행히 X-Ray 에는 이상이 없어 나는 수술실로 옮겨졌다.

1시간 반 동안의 수술 시간은 고통이라기보다는 고요한 축복이었다. 동공은 자유롭게 움직였고 희뿌옇게 빛이 들어왔다. 간호사는 흘린 피를 닦으며 소독을 시작했고, 친구의 아들은 마취를 시킨 뒤 차근차근 수술로 들어갔다. 한 겹, 두 겹, 세 겹으로 근육과 피부를 따로 구분해서 꿰매고 있음을 알 수 있었다. 색실로 수를 놓듯 한 올 한 올 날줄과 씨줄을 엮듯이 꿰매고 자르는 민첩한 손놀림에 절망은 희망으로 깨어나고 있었다. 춥지 않느냐, 아프지 않느냐는 자상한 물음에 상처의 아픔도 잊은 채 감사의 기도를 드렸다.

지금은 사라진 풍속이지만, 새해가 되면 가족끼리 모여 토정비결로 한 해의 운세를 점쳐보던 시절이 있었다. 몸조심하라는 달도 있었고, 서남간이나 동북간에서 귀인이 나타난다는 이야기도 있었던 것으로 기억된다. 오늘이야말로 내게 귀인이 나타나지 않았으면 이런 위급한 상황을 어찌 모면할 수 있었을까. 친구의 아들은 조상께 차례도 못 지낸 추석이 되었지만, 휴일에 성형외과 의사한테 수술을 받게 된 행운은 보통 사람은 누릴 수 없는 특혜일 것이다.

어젯밤에 본 한가위 특선 2부작 드라마가 생각난다. 인생을 송두리째 바쳐 기른 성공한 두 아들을 둔 초로(初老)의 어머니는 갈 곳이 없었다. 수술비조차 대지 않는 자식을 끝내 원망하지 않고 목숨을 끊어야 했던 어머니에게 딸의 한 맺힌 독백 "무슨 말을 하랴"는 변해가는 핵가족의 단면인지도 모른다. 모두가 울었다. 30대 중반을 지난 며느리들이야 그 노인이 불쌍해서 울었겠지만, 나를 서글프게 했던 것은 비록 상황은 다를지라도 늙고 왜소해져 가는 데서 오는 공감(共感)이었다.

예기치 못한 사건으로 드러난 자식들의 사랑이나, 친구의 진한 우정을 확인한 오늘은 내게 많은 생각을 하게 했다. 수술을 끝내고 한쪽 눈으로 다시 만난 가족의 반가운 얼굴, 유난히 흰 와이셔츠에 더욱 의젓해 보이는 친구 아들의 모습이 보인다.

돌아오는 차창 밖으로 아무 일도 없었던 듯 유유히 흐르는 강물, 사금파리처럼 반짝이는 물결 위로 가을빛이 평온하게 쌓인다. 한산한 거리에 물색 좋은 추석빔을 입은 사람들이 지나간다. 저토록 화려할 수 있을까. 처음 보는 빛깔처럼 눈이 부시다. 다려 놓은 한복도, 정성 들여 만든 음식도 순간의 부주의로 수라장이 되었지만, 늦은 대로 차례를 올리자.

부모님이 오시고 동생이 달려온다. 놀란 친구들의 전화 벨소리가 요란하다. 삶의 기쁨은 사랑받고 있다는 깨달음이며,

그 본질은 가정이라는 터전 안에서 행복을 키워 가는 것이리라. 타성에 젖은 일상에서 고비를 잘 넘기고 되돌아보는 여유는 새로운 삶의 충전이 되고 격려가 될 것이다. 앞으로 할 일이 많아질 것 같다.

푸름이 가득한 창 밖에서 소나무와 향나무와 백일홍, 군락을 이룬 철쭉이 육십의 새로운 탄생을 축하한다. 새 삶의 신비가 나뭇잎들 사이로 파랗고 고운 얼굴을 내민다.

무리 지어 떠도는 흰 구름도 축하의 인사를 건네는 것만 같다.

(1998.)

외로운 노년

장맛철도 아닌데, 온종일 추적추적 비가 내린다. 강변 북로로 들어서자 자욱한 물안개 속으로 동작대교의 교각이 모습을 드러냈다 사라진다. 그 연무(煙霧) 속에 방금 모셔다 드린 부모님의 모습도 겹쳐진다. 비는 여전히 그칠 줄 모르고 내 눈 언저리에는 여린 안개가 인다. 준비한 음식은 아직 남아 있는데 가셔야 한다는 부모님을 한사코 잡지 못한 아쉬움 때문인가 보다.

지난 주말, 모처럼 닷새 간의 식단을 짰다. 치아가 불편하신 아버지, 소식을 하시는 어머니를 위해 부드럽고 무겁지 않은 찬, 그 중에서도 전에 즐겨 드시던 음식만을 골라서 준비를 했었다.

딸네 집에서는 하룻밤만 주무시면 아들네 집으로 가시곤 했던 아버지가 닷새나 계실지 의문이었지만, 며칠만이라도 곁에서 모시고 싶었다. 그런데 그 닷새도 계시지 못하고, 나흘 만에 모셔다 드린 것이다. 왜 막무가내로 잡지 못했을까. 부모님이 와 계시는 것이 불편했던 것일까. 그게 아니면 아무 감정도 표현하시지 않는 아버지가 부담스럽게 느껴졌단 말인가. 늙으신 아버지가 이따금 타인처럼 느껴지기도 했던 마음이 새삼 나를 아프게 한다.

몇년 전만 해도 아버지는 이런 분이 아니셨다. 모든 대화의 중심으로서 정치나 경제에 관한 해박한 식견은 물론 역사적인 인물까지도 먼저 기억해내셔서 자식들을 부끄럽게 만드셨는데…. 아니 원어로 소설을 읽으셨다면 자식이 아닌 손자들은 지금 그 말을 믿을 수 있을까. 남보다 많이 알고 사셨기에 빨리 털어 버리고 싶으셨던 것일까. 가끔은 세상 돌아가는 것에 분노도 아끼지 않으셨는데 이제는 책도 신문도 멀리한 채 아무 것에도 관심이 없으시다.

세월 탓이다. 흐르는 세월 속에 빛나던 젊음도 학식도 모두 떠나 보내셨다. 오직 남은 것은 미수(米壽)라는 나이뿐, 지난날의 기억도 삶의 애착도 놓아 버린 아버지, 이제 검불처럼 가벼워진 육신도 가누기 힘드신 모양이다. 식사만 끝나면 그저 소파에 앉아 주무시거나 무심히 허공을 바라보며 담배만 태우신다. 그 허공에 무슨 그림을 그리고 계실까. 비록 말씀은 없어도 지난날의 추억을 반추하고 계신 것은 아닐까.

세상은 점점 고령화 사회가 되어가고 노인 인구는 날로 팽창한다. 그러나 평균 수명의 연장이 젊음의 연장도 아니고 보면 할 일 없는 노년으로 오래 살아가야 하는 장수(長壽)가 무슨 의미가 있단 말인가. 살아있는 일이 즐거움이나 축복만은 아닐 것 같은 노인에게 장수와 핵가족에 따른 부양 의식의 변화는 더 많은 외로운 노년을 만들어갈 뿐이다.

어니스트 헤밍웨이가 그림자처럼 찾아오는 치매의 공포와 우울증을 견디지 못해 자살을 했다는 말이 오늘 불현듯 머리를 스친다. 아버지도 스스로 아무 것도 할 수 없게 되었다는 절망감에서 오는 우울증을 견디다 못해 얻은 후유증이 아닐까. 외부와의 단절보다 내부의 공허, 그렇게 살아갈 수밖에 없는 남은 세월을 인정해야 하는 고통이었을지도 모른다. 그렇다면 노쇠에서 오는 근원적인 고독을 위로할 수 있는 것은 무엇이며, 그 고독으로부터 구원받을 수 있는 길은 없단 말인가.

요즘 들어 많은 사람들이 새벽이면 운동화 끈을 동여매고 뛰느라 북적인다. 쉼없이 성취만을 위해 앞만 보고 달려왔던 삶에 대한 보상일 수도 있고, 지칠 대로 지친 몸과 마음에 대한 연민일 수도 있다. 행복한 삶을 위해 건강이 확보돼야 한다는 뒤늦은 깨달음일지도 모른다. 그러나 아직도 자식만이 전부인 우리의 부모는 행여 오래 살아 자식에게 짐이 될까 오늘도 노심초사(勞心焦思)다. 이처럼 늙고 병들면 자식에게 짐이 될 수밖에 없는 엄연한 이치 앞에 자신도 예외일 수 없다는 당연한 미래를 우리는 왜 일찍 깨닫지 못하는지 모르겠다.

대자연의 위용 앞에 가련한 생명에의 연민, 그 속에서 왜소할 수밖에 없는 인간 생명의 외경을 본다. 태백산 주목은 살아서 천년, 죽어서 천년을 간다는데 찰나를 살다 가는 인생은 사는 날까지도 당당하고 의연할 수 없는 것일까.

이제 노쇠한 아버지는 그냥 존재할 뿐, 아무런 사명도 갖지 못하신다. 고독을 이겨내기에는 너무 힘이 부치신다. 그런 아버지를 그냥 지켜볼 수밖에 없는 것이 자식의 도리요, 인간의 순리란 말인가.

집으로 돌아와 당신께서 앉으셨던 의자에 몸을 묻는다. 물 한 잔을 마시려고 냉장고 문을 여는데 다 잡수시지도 못한 음식이 먼저 눈에 띈다. 여전히 비는 그칠 줄 모르고 답답한 마음 빗소리로나 달래 볼까 창문을 여는데, 갑자기 전화선을 타고 들려오는 가느다란 어머님의 음성, "잘 들어갔느냐, 그 동안 수고했다"라는 말씀에 나도 모르게 그 자리에 펄썩 주저앉고 말았다.

(2003.)

은행나무

정원 모퉁이에 있는 은행나무와 내가 인연을 맺은 지 20여 년, 거슬러 올라가 부모님과 함께 한 세월까지 합하면 30여 년은 족히 된다. 함께 기뻐하고 슬퍼하며 동고동락한 가족 같은 나무다.

소나무처럼 사철 푸르지도 않고, 백일홍 같은 멋진 곡선이나 화려한 꽃을 피울 줄도 모르지만, 속내는 끼로 채워져 한 해에 두 가지 삶을 살다가는 낙엽교목이다.

파벽으로 단장한 주택 중앙, 완만한 화강석 계단 사이에 그대로 두고 신축하면서, 돌을 잘라내는 난공사까지 감수하며 수백 년을 살도록 주거 공간을 만들어 주었다. 해를 거듭하며 나무는 우람해져 온갖 새들의 보금자리가 되고, 푸른색의 순연함은 깊이 모를 바다 속처럼 푸근한 그늘을 만들어 주었다.

그 중에서도 가을의 축제는 으뜸이었다. 나무가 새 옷으로 단장을 시작하면 노란 색으로 천지가 물들어 우리 집은 황금빛 궁전이 된다. 그 빛깔은 사위(四圍)를 흔들어 집 앞을 지나던 행인마저 걸음을 멈추고 잊고 있던 가을을 찾은 듯 망연히 서 있곤 했다. 웃음소리, 커피 향기 지칠 줄 모르는 궁전 안의 가족들은 서툰 시인이 되기도 하고 일손도 바빠진다. 가을은 늘 풍요롭고, 은행을 줍는 일은 우리 집의 연례 행사가 되었다.

10년이면 강산이 변한다더니 은행나무도 평생을 지킬 줄 알았던 그 자리에서 17년을 살다가 옮겨지는 수난을 당했다. 현관 앞에 우뚝 서서 사계(四季)의 변화를 선명하게 알려주던 그 나무는 구석진 옆자리로 이사를 해야 하는 비운을 맞이했다. 우리만의 단독주택에서 여섯 가구가 어울려 사는 지금의 빌라를 신축하게 된 것이 그 이유였다.

영영 우리와 헤어진 나무도 많았지만, 그래도 은행나무만은 한 면과 키, 한쪽 뿌리마저 잘리는 고통을 감수하면서 지금의 외진 자리에 볼품없는 몰골로 옮겨졌다. 함께 살 수 있다는 기쁨만으로 아프단 말도 못하고 시들시들 몸살을 앓더니 3년이 지난, 작년부터 생기를 찾기 시작했다. 비록 전날의 모양새를 갖추지는 못했지만, 작은 곁가지도 거느렸다. 아침마다 가족들과 주고받던 눈길은 멀어지고 애무의 손길도 없어졌지만, 은근과 끈기로 조용히 격(格)을 잃지 않았다. 떨어져 내린 무성한 잎이야 나무의 거름이 되었겠지만, 잘린 부위에 닿은 매서운 삭풍은 얼마나 혹독했을까. 그러나 허욕 없이 분수껏 살았기에 축복을 받은 것일 게다.

은행나무는 마주해야 열매가 열린다는데, 키가 커서 옆집 친구를 맞이했음인지 올해는 열매까지 달았다. 암수딴그루로 5월에 수꽃은 수상꽃차례로, 암꽃은 꽃줄기 끝에 두 개가 피고 핵과는 10월에 여문다. 냄새나는 외종 피에 싸인 열매는 식용과 약재로 쓰인다. 풍미도 은은해서 한국 고유 음식의 격을 높여주며 연둣빛으로 조화된 멋은 군침을 돌게 한다. 근래에는 은행잎으로 혈압 강하제까지 만든다니 얼마나 생산적인 나무인가.

하지만 내가 남다르게 애정을 갖는 것은 생산적인 면이 아니라 자신을 송두리째 불사르며 살아가는 끼가, 무디어 가는 삶을 재충전해 주기 때문이다. 가끔 글을 쓰고 싶은 충동도 은행나무가 준 교훈이라면 과장일까.

이제는 며느리도 맞아 식탁 상좌에 앉고 보니 굵어진 나무의 몸통만 측면으로 보게 된다. 식사가 아닌 자유로운 시간, 키가 높아 온전히 벗할 수가 없지만, 체취라도 느끼려고 가장 가까운 자리에 앉는다. 차 한 잔을 마주하고 지난 이야기도 나누며 얼마를 같이 지낼 수 있을지 모를 미래도 생각해 본다. 내 남은 삶에 너와 함께 하는 이런 시간은 얼마나 될까. 아이

들이야 새롭게 시작하는 그들의 인생을 설계하느라 은행나무
와의 추억을 잊어가고 있겠지만, 노년으로 접어드는 나에게는
더 확실한 친구가 되어간다. 가끔은 투정도 부려보고 하소연
도 해 본다. 비록 큰 소리로 대답을 해 주지는 못해도 바라보
면 해답은 늘 거기에 있었다. '대범하고 너그러워져야 한다고,
그것은 바른 사람이 지니는 덕성이라고….'

겉으로 저렇듯 초연하다 해서 그 동안의 겪은 인내와 고통,
엄숙한 자기희생이 인간의 몫보다 가볍게 넘길 수는 없다.

달무리 같은 그리움이 하나 둘씩 나뭇가지에 걸린다.

(1996.)

능률과 어리석음을 함께 체험한 도시

—멕시코 기행

    멕시코에서의 4박 5일은 숨차고 바빴다. 해발 2700미터 분지에 위치한 멕시코시티는 4월 말인데도 한여름같이 무더웠고, 대기 오염은 눈물이 날 정도로 매캐한 게 듣던 그대로였다. 산동네 지붕마다 부착된 소형 물탱크는 부족한 급수 사정과 매연의 심각성을 실감케 했지만, 소깔로(중앙) 지역으로 들어서자 대도시의 면모를 그대로 간직한 채 번창했던 역사를 한눈에 말해주고 있었다.

    멕시코는 마야 문명과 스페인 식민지 문화가 복합하여 다양한 문화를 지닌 도시다. 마야와 아즈텍 문명이 남긴 많은 유적이 산재하는가 하면 세계 유명 기업의 초현대식 건물들이 즐비하고, 아직도 그들 마야어만 사용하는 원주민 도시가 있는가 하면 칸쿤 같은 세계적인 휴양지도 있다. 대도시의 복잡함과 시골 촌락에서 느끼는 따스함이 공존하는 도시, 이러한 파라독스가 이 나라를 이해하기 어렵게 만들지만 그래서 더 흥미를 준 것은 아니었을까.

봄의 전령인 '희까린다'의 황홀한 보라색 물결도, 개화(開花)가 2월 중순부터라 제 소임을 다하고 낙화하는 모습이 지난날의 영화를 아쉬워하듯 쓸쓸해 보인다. 세계 제일의 인구 도시를 입증하듯 어디나 붐비는 저 인파, 밤이 깊도록 끝없이 이어지는 자동차의 행렬과 번지는 불빛, 도대체 저 많은 사람들이 여기에 사는 것일까. 저들은 무엇을 꿈꾸며 어디를 향해 달려가는 것일까. 창가에 기대어 4일 간의 일정을 더듬어 본다.

칸쿤(Cancun)은, 마야 문명이 존재했던 멕시코 동남쪽 카리브 연안에 위치한 지상 최고의 바닷가다. 비행기 연발로 자정이 가까워 도착했으니 여장을 푼 것은 아마 새벽도 한참을 지나서였다. 창문까지 차오르는 눈부신 햇살에 눈을 떴다. 피곤도 잊은 채 그만 탄성을 지를 뻔했다. 연초록의 투명한 바다와 호수 사이에 끝없이 이어진 특급 호텔, 크림색 모래사장, 바닷바람에 춤사위를 던지는 야자수의 군락, 끝없는 바다도 모자라 호텔마다 만들어 놓은 그림 같은 수영장. 미국의 젊은이들이 하와이를 가자면 시큰둥하다가도 칸쿤을 가자면 얼른 따라나선다는 말이 농담만은 아닌 것 같았다.

쉼없이 하얀 포말이 밀려오는 끝없는 바다, 감탄으로 한숨

밖에 나오지 않는 이 눈부신 자연 속에서도 삶이 고달프다고 말할 수 있을까. 그저 바라보는 것으로 여행의 의미를 두고 싶었다. 멕시칸 요리에 데킬라 한 잔을 곁들이고도 빛나는 풍광을 표현하기에는 내가 알고 있는 단어가 너무 부족하다는 사실만이 안타까울 뿐이었다.

유카탄 주 치첸이트사의 쿠쿨칸 신전은, 고도의 측량 기술로 지은 30m의 높이로 우뚝 솟아 있는 계단식 피라미드다. 사면의 계단은 각각 91칸이어서 정상에 계단까지 합치면 365칸이 되는 태양의 일 년 날수와 같다. 고도의 정밀도를 지녔으며 수수께끼에 싸인 목적을 수행하기 위해 설계되었다고 한다. 그것은 춘분과 추분의 시계처럼 정확하게 빛과 그림자의 효과로 북쪽 계단부터 뱀이 꿈틀거리고 있는 형상이 되는데, 정확하게 3시간 22분 간 그 형상이 지속된다고 한다. 동쪽으로 내려서니 산 사람의 심장을 제물로 바치던 차크몰의 우상이 있었다. 아즈텍인들은 이러한 의식을 통해 세계의 종말을 늦추려고 했다고 한다. 그러나 당시 유럽보다 우수한 문화로 번창하다 어느 날 감쪽같이 사라져버린 문명은 아직도 안개 속을 헤맬 뿐 오리무중이다. 무심한 태양은 구름 한 점 없는 허공으로 강렬한 빛을 사정없이 내리쬐고, 우리는 아득한 신화의 뒤안길을 한없이 맴돌고 있었다.

마야 원주민 촌락으로 발길을 돌렸다. 같은 도시 안에 존재하는 두 도시, 타임머신을 타고 한 세기를 역류한 느낌이다. 아름다움과 지저분함, 능률과 어리석음을 함께 체험하는 도시라고나 할까. 키는 작고 목이 짧은 사각의 검은 얼굴, 엉덩이에 푸른 반점을 가진 우리와 같은 몽골족이라지만 불쌍하고 측은해 보였다. 어느 민족은 현대적인 모습으로 문명의 풍요를 한껏 누리고, 누군가는 진화되지 않은 원시의 모습으로 문명의 혜택도 없이 가난과 무지 속에서 평생을 보내야 하는가. 이것이 삶의 실체라면 세상은 너무도 공평치가 않았다. 남녀 구분 없이 한 개 뿐인 거리의 공중 화장실은 유료이면서도 현대 시설과는 거리가 멀었다. 주택 또한 방과 부엌에 칸막이도 없이 햄목(잠자는 그네)만이 쳐져 어둡고 음습했다. 집이 없어 저무는 거리로 몰려다니는 앙상한 개들이나, 칠흑 같은 어둠 속에 반딧불이같이 깜박이던 흐릿한 구멍가게의 불빛은 우리의 6·25전쟁 직후를 연상케 했다. 이들의 삶의 목표는 무엇일까. 오직 조상들의 땅을 지키며 그들의 삶의 방식을 고수하며 살아가는 것이 존재의 의무일까. 그렇다면 두 시간 반 거리에 있는 끝없는 바다와 호수 사이에 불야성을 이룬 칸쿤은 백인들만의 전유물이란 말인가.

멕시코시티에서 북동쪽으로 50킬로미터 떨어진 선인장이 무성한 테오티우아칸은, 회색빛이 감도는 관목지대에 있었다. 기원전 2세기부터 기원후 7세기까지 멕시코에 생긴 최초의 국가로 문명의 이름이며 종교적 중심지였다. 여기에 두 건축물은 태양의 피라미드와 달의 피라미드로, 성채는 4킬로미터가 넘는 '죽은 자의 길'에 위치하고 있었다. 이 유적은 태양계를 정확하게 축소한 것이라고 한다. 케찰코아틀(깃털 달린 뱀이란 뜻, 평화의 신) 신전의 중심을 태양이라고 하면, 죽은 자의 길을 따라 서 있는 건축물은 행성과 소행성의 궤도 위치를 반영하고 있다. 일행은 동쪽에 위치한 달의 피라미드를 오르고 나는 천체에 맞추어 거대한 축을 이루고 있는 건축물 그늘에 자리를 잡았다. 이 많은 유적을 남기고 사라진 문명들이 스페인에게 정복당하기 전, 전승에 기록해 놓았다는 내용 중에서 인간 세계가 멸망한 대홍수와 관련이 있다는 말은 근거가 있는 것일까. 그러나 많은 학자들이 아직도 규명하지 못하는 역사를 뉘라서 시원한 답을 주겠는가.

세계적인 인류학 박물관, 250년 만에 완공했다는 금으로 장식된 카테드랄 성당 등 수많은 유적을 보유하고 있으면서도 오랜 식민지 문화가 준 탓인지, 성품은 게으르고 시간에 구애받기를 싫어해서 빈부의 차가 심하고 예기치 못한 일들이 자주 일어난다고 한다. 아직도 인권유린의 얼룩이 남아 있고, 정치적인 부패는 물론 경찰의 뇌물 수수는 짧은 여행중인 우리도 경험할 수 있었다. 하지만 세계 세번째 산유국이며 많은 지하자원과 천연자원을 갖고 71년 만에 평화적으로 정권이 이양

된 멕시코는 다시 세계의 강국으로 발돋움하고 있었다.

불가사의한 문명의 신화도 세월 속에 묻혀서 아득히 멀어져 간다. 한 시대를 머물며 향유했던 시간들, 그 찬란했던 문화의 흔적에 이는 바람 소리는 내 옷깃을 흔든다. 과거라는 것이 먼지로 뒤덮여 있을지라도 귀를 기울이는 사람에게는 침묵하지 않고 열심히 이야기를 들려주나 보다.

'눈으로 듣는 것을 배울 때만 자연은 인간에게 말한다.'는 볼노프의 말처럼.

(2001.)

5.

지금 제 기분 모르실 거예요

꿈 이야기

　사람은 누구나 꿈을 꾸며 살아간다. 이상(理想)을 향한 꿈은 좌절과 고통을 이기기 위한 방편일 수도 있지만, 근본적으로는 오늘보다 나은 내일에 대한 기대와 그리움이다. 내일이란 단어가 지닌 무한한 가능성은 우리 곁에 꿈을 영원히 머무르게 할 것이며, 그 꿈은 시공을 초월하기도 한다. 시한부 인생에게도 막연하나마 기대보는 내일이 있듯이, 인생의 목표를 승화시키는 꿈, 비록 불분명해도 가슴 설레게 하는 꿈은 살아 있는 자만의 특권이며 절대적인 신앙이다. 이러한 소망의 꿈은 인간의 의식구조가 제 구실을 하는 한 계속될 것이고, 그 외에도 잠재의식 속에 꾸어지는 또 다른 꿈이 있다.

　인생은 두 개의 꿈의 연속이다. 그 꿈 또한 삶의 철학으로 오랜 세월의 변화에도 뿌리의 틀을 이루며 전해 오고 있다. 선

조들이 꿈의 지혜로 길흉을 알았다는 이야기나, 성공한 사람 중엔 꿈이 대성을 예견했다는 말도 있다. 꿈에 대한 남다른 견해는 없어도, 일상에 꿈이 주는 의미는 무관하지 않다고 본다.

운명철학원에서 운세를 점쳐 본 일은 없어도, 아침에 눈을 뜨면 지난 밤 꿈을 생각하는 습관을 가졌다. 4남매를 키우면서 터득한 생활 철학이라고나 할까. 홍역도 쌍둥이처럼 앓았고, 감기나 수두 또한 그랬다. 병원에 가는 돈도 수월치 않았지만, 업고 걸리고 갈 일이 더 난감했다. 그때부터 아침이면 꿈을 먼저 생각했나 보다. 맑은 물을 보거나 깨끗이 목욕하는 시원한 꿈을 꾸면 어김없이 열도 식어가며 차도가 있었고, 흙탕물이나 잔치를 한다고 음식 차리며 사람이 들끓는 것을 본 아침이면, 으레 병원에 갈 준비를 서두르곤 했으니까. 예외도 있었지만, 서투른 해몽도 맞아 들어갔다. 그런 내게 잊혀지지 않는 두 번의 씁쓸한 기억이 있다.

둘째아들이 대학 갈 때의 일이다. 가까운 동창 셋이 모두 고 3의 아들을 두고 있었다. 성적이 비슷해서 진학할 대학도 대동소이했다. 친구 따라 유명하다는 점집을 찾았다. 누구는 Y대학을 가고, 누구는 S대학은 어렵겠다는 말에 의기소침해서 돌아와, 용기를 내지 못하고 그의 말대로 학교를 낮추었는데도 모두 낙방이었다. 후회 속에 일 년 후 소신대로 S대학을 입학한 감격은 지금도 잊지 못한다.

두 번째의 기억은 큰아들의 혼사 때다. 군대와 대학을 마치고 유학을 떠나기 전에 가능하면 짝을 지어 보내고 싶었다. 몇 번 맞선을 주선했지만, 마음에 드는 아가씨를 찾지 못한 채 결혼을 미루고 홀로 비자를 받은 뒤 어느 날, 친구가 참한 아가씨를 추천했다. 지금의 맏며느리가 된 그 아가씨와 두 번째 데이트를 나갔다. 계절은 어느새 6월로 접어들었고, 아들은 9월 학기에 맞춰 8월에 출국하기로 되어 있었다. 게다가 나는 7월 초, 봉사단체의 총회를 겸한 유럽 여행이 계획되어 있었다. 시일은 촉박했고 걱정은 태산 같았다.

인륜지대사라는 명분으로 두 번째 실수를 저질렀다. 아가씨의 생시가 인시(寅時)라서 아들의 건강이나 운을 막는다는 것이다. 모처럼 마음에 드는 눈치인데 만나지 말라고 할 수가 없었다. 궁합을 보는 나라가 우리 말고 어디 있으며, 20세기를 살아가는 현대인으로는 바람직한 일이 아니라 믿고, 아들의 뜻에 맡긴 채 여행을 떠났다. 여행에서 돌아온 후 그들은 행복한 한 쌍이 되었다. 예정대로 아들은 8월 중순 출국을 했고, 싱글로 받은 비자를 번복하느라 고생 끝에 며느리는 두 달 후 미국에서 반가운 해후를 했다.

어찌된 일일까, 아들의 건강이 좋지 않다는 소식이 전해 왔다. 군대에서 폐렴을 한 번 앓은 것 외에는 건강한 아이였는데. 흘려보낸 이야기들이 집요하게 나를 붙들고 밤낮없이 괴롭혔다. 혼자만의 고민을 떨칠 수가 없었다. 얼마 후 폐렴을 앓았던 흔적을 잘못 판독한 것임을 알게 되고 건강은 회복되었지만, 그 속박에서 풀려난 것은 한참 후였다. 학위를 마치고 손자를 안고 귀국하는 그들은 행복해 보였다. 우리는 일본까지 마중을 나가 함께 여행을 하면서 자신의 어리석었던 순간을 부끄러워했지만, 그들은 그런 내 마음을 알 리가 없었다.

그 두 번의 실수는 내게 처음이자 마지막이었다.

그 후 3남매는 궁합도 보지 않고 택일도 받지 않았다. 부질없는 이야기로 고민하는 것은 곤욕일 뿐 백해무익하다는 것을 깨달았기 때문이다. 주어진 운명은 누구도 거역할 수 없을 뿐더러 삶의 여정엔 시련과 극복이 적절히 안배되며, 기쁨이 있으면 아픔도 따르게 마련이라는 것은 삶에서 얻은 지혜이다.

새해의 꿈은 적중했다. 아들 둘을 낳고 단산한 며느리가 9년 만에 뜻밖에 임신을 했다. 두 손자로 만족한 터였으나 기왕이면 손녀도 보고 싶었다. 주위에서도 산모의 모양새나 얼굴이 딸 같다고 말했다. 나도 그렇게 믿었다. 예정일을 이틀이나 넘긴 어느 날 꿈을 꾸었다. 친구에게 싱싱한 빨간 고추와 밤을 낀 타래를 받았다. 분명 아들 꿈인데 집으로 가져오지 않은 것만 위안을 삼으며, 미련을 버리지 못하는 와중에 다른 꿈 하나가 생각났다. 간밤엔 두 가지 꿈을 꾼 모양이다.

창문이 시원하게 열린 방 벽면을 싱그럽게 푸른 동백이 감싸고 있었다. 서서히 안개가 걷히면서 모습을 드러낸 툭툭 불거진 푸른 꽃봉오리가 환상적이었다. 봉오리는 미처 터지지도 않았는데 꽃향기가 지천이었다. 녹색의 봉오리도 역시 아들인데, 억지로라도 꽃은 딸이라고 믿고 싶은 마음이었는가 보다.

잘생긴 아들을 순산했다. 어찌 꿈을 믿지 않을 수 있을까. 손녀를 바랐지만, 섭섭하지는 않았다. 그러면 정축(丁丑)년에는 셋째아들이 손자를 안겨주도록 간절히 소망하며, 좋은 태몽을 기대해 봄이 어떠할까.

늘 무엇인가를 기다리며 꿈꾸는 삶, 꿈의 상실은 존재의 끝이리라. 아름다운 꿈을 꾸며 살고 싶다. 꿈이 맑고 투명하면 삶의 전개도 아름다울 것이며, 지나치게 허황된 꿈은 허기와 한기를 줄 것이다. 삶의 승부는 결국 자신의 의지에서 비롯되며, 가장 큰 획은 혈점인 자식들이 자신보다 나은 삶을 살기 위한 바람이 아닐까. 그때 만약에 아가씨의 사주가 세서 안 좋다는 말을 믿었다면, 지금 어떻게 이런 보물 같은 맏며느리를 맞이할 수 있었을까.

아직은 겨울, 무채색의 싸늘한 정적에도 봄을 향한 꿈들이 소복이 담겨진다.

(1996.)

용기를 주는 사람

신입 회원 환영회 자리다. 개강을 하고 3주째, 어느 정도 얼굴을 익힌 다음에 갖게 되는 회식 시간이다. 그러나 새로 입회한 몇 명의 회원말고는 거의가 길게는 10년에서 보통 5~6년은 함께 한 가족 같은 회원들이다.

수필이 체험의 문학임을 대변하듯 우리 반의 연령은 대부분이 중년이며, 나처럼 노년에 이른 사람도 더러 있다. 그도 그럴 것이 문단에 발은 들여놓았지만, 서로에게 자극도 받고 좋은 글 한 편 써보려는 염원으로 오랜 세월을 지나다보니 중년에서 장년으로 접어드는 것은 인지상정이 아니겠는가. 그런데 이번 학기에는 교장을 은퇴했다는 분과 중년 한 분, 이 두 사람 외에는 모두가 이십 대 후반의 젊은이들이었다.

회식이 끝나갈 무렵, 언제나처럼 반장은 신입 회원들에게 그 동안 공부한 소감을 물었다. 교장 선생은 유창한 어조로 평생을 학교에서 보냈으니 남은 여생은 글을 좀 써보고 싶다는 소감을 피력했고, 젊은이들의 소감은 거의가 이러했다.

"문을 여는 순간 깜짝 놀랐어요. 젊은 학생들이 있을 줄 알았는데 어르신들이 있어 잘못 들어온 것이 아닌가 하고요. 그리고 나이 드신 분들이 이렇게 공부를 한다는 사실에 정말 놀랐습니다."

"저도 그랬어요. 그런데 더욱 놀란 것은 글을 읽고 진지하게 합평하시는 모습이었습니다."

모두가 깜짝 놀랐다는 말이 미안해서인지 자신도 그렇게 늙고 싶다는 위로의 말을 덧붙이기도 했다. 끝으로 오십 대 초반인 부인의 말은 다음과 같았다.

"딸도 출가를 시켰으니, 이제 자신을 위해 뭔가 해야겠다는 생각이 들었습니다. 친구들은 건강을 위해 스포츠 댄스를 권했지만, 저는 글공부를 하고 싶었습니다. 이 나이에도 가능할까 무척 망설였는데 와서 보니 연장자들이 계셔서 용기도 나고 많은 위로가 됩니다."

모두가 내게 해당되는 말이었다. 공부를 하는 시간만큼은 전혀 의식하지 못했던 나이가, 젊은이들에게는 이렇듯 낯설게 비춰지고 놀라게 만들었단 말인가. 아직도 고운 것을 보면 갖고 싶고 절경엔 감동으로 가슴마저 뛰는데 몸으로 드러나는 나이는 어쩔 수가 없나 보다. 그러나 중년의 만학도에게는 용기와 위로가 되었다니 그나마 다행한 일이 아닌가.

지난 해 겨울, 그때도 수능고사를 치르고 논술 시험을 앞둔 불문학 지망생인 한 남학생이 다녀간 일이 있다. 그 학생이 자기 할아버지와 나이가 같다는 한 문우를 보며 "노인들은 우리 할아버지처럼 방에만 누워 계시는 줄 알았는데 공부를 하는 사람도 있네요." 하며 의아한 표정을 지어 한바탕 웃었던 기억이 난다. 고령화로 수명은 점점 연장되어 가는데 스스로 노인을 자처하기보다는 건강이 허용하는 범위 내에서 작은 목표라도 세워 남은 생을 값지게 형성해 나가는 것이 바람직한 자세가 아닐까.

사무엘 울만은 "청춘은 인생의 어떤 기간이 아니라 마음가짐을 말한다."고 했다. 최근 들어 인생의 절반을 후회 없이 살아온 장년층이 또 다른 도전으로 제2의 삶을 새롭게 열어가는 모습을 쉽게 만날 수 있다. 세계적인 디자이너 코코 샤넬 역시 일흔 살이 넘어 절정기를 맞았다고 하지 않는가. 차츰 사회적인 인식도 달라져 노년이나 황혼이란 말을 듣기 좋게 미화해 '실버' 또는 '시니어'로 부르게 되었으니 아름다운 시니어가 되려면 나이의 벽부터 넘어야 한다.

되돌릴 수 없는 세월의 흔적을 인정해야만 했던 자리였지만, 외면하지 않는다. 이루고 싶은 일이 있다는 열정이 바로 나 자신과 내 영혼을 사랑하는 일이라 믿기에…. 젊음이 떠나가 비워진 자리에 채울 만큼의 또 다른 무엇을 만드는 일에 열중할 것이다. 젊은이들에게는 부족한, 어려움을 견딜 줄 아는 인내심과 흔들림 없이 관조할 줄 아는 여유를 그 자리에 담아가며 용기를 주는 사람으로 거듭나고 싶다.

그리고 이 얼마나 다행한 일인가. 수필에 대해 잘 모르던 젊은이들이 이렇게 호감을 갖게 되었으니…. 직업상 글이 필요한 이들인지는 몰라도 나는 그들에게 기대를 건다. 체험을 바탕으로 한 정적인 수필도 좋지만, 간접 체험을 통한 사회수필, 젊은 감각이 톡톡 튀는 해학적인 수필, 발랄하고 생기 넘치는 퓨전 수필은 역시 그들의 몫이 아닐까 하고

회식을 끝내며 나는 이렇게 말했다. "오늘 젊은이들을 깜짝 놀라게 해준 나이를 서글프게 생각하기보다는 닮고 싶다는 긍정적인 표현으로 받아들이겠습니다. 그리고 수필을 쓰는 한 사람으로 이렇게 젊은이들이 수필을 찾게 된 것에 자부심을 느낍니다. 여러분과 같은 분들이 앞 다투어 들어온다면 언제든 이 자리는 쾌히 내어 드리겠습니다만, 아직은 나를 통해 용기가 되고 위로가 된다는 분이 있으니 조금은 더 머물러야 될 것 같군요."

용기를 주고 위로가 되어줄 사람, 균형을 잡아주는 성숙된 시니어가 있어야 미래에 대한 희망도 기대할 수 있다. 자신감

을 심어주고 서로에게 위안이 되어 주는 사회, 이 얼마나 훈훈하고 살맛나는 세상일까.

천지가 푸르고 싱그럽다. 그래서 오월은 아름답다. 내 생의 오월은 가버렸지만, 마음만은 언제나 오월이고 싶다.

(2006.)

미소

지난해 겨울은 햇살처럼 포근한 미소로 매일의 아침을 열었
다. 이른 새벽 눈을 비비며 나서는 운동 길에서 마주하는 환한
웃음에 졸음을 털어냈다. 그 여인은 젊고 예쁘지는 않으나 건
강하게 그을린 얼굴에 늘 밝은 미소를 띠고 있었다. 눈이 마주
치면 활짝 웃으며 목례를 하는 그의 얼굴에서 행복이란 단어
가 떠올랐다. 어떻게 저처럼 한결같이 웃을 수 있을까. 고단한
삶에 불평도 있으련만 새 집에서 살 희망이 그를 그토록 행복
하게 만드는 것인지 그것이 늘 궁금했다.

그 여인을 만나기 시작한 것은 골목 모퉁이에 30평 남짓한
주택 하나가 헐리고 나서부터였다. 오랜 세월의 흔적을 하루
아침에 날려 보내고 어느 날 공사가 시작되었다. 그가 전부터
그 집에 살고 있었는지는 몰라도 신축을 하는 집의 주인임은

확실했다. 이웃에게 불편을 주지 않으려고 공사장 주변을 항상 깨끗이 정리했으며 인부들이 오기 전에 모닥불을 피워 놓는 배려도 그의 몫이었다. 지하를 파지 않는 공사의 진척은 빨라서 삼사 개월이 지나자 건물은 형태를 갖추어 갔고, 방한복을 벗은 티셔츠 차림의 그가 짓는 미소는 더욱 상큼해졌다.

일층에 상가를 곁들인 4층 건물이 거의 완공이 되어갈 무렵, 내겐 공연한 걱정 하나가 생겼다. 어서어서 아래층엔 발길이 빈번해질 가게가 들어서고 위층에는 예쁜 커튼이 나부꼈으면 좋겠는데 임대가 빨리 되지 않으면 어쩌나 하는 것이었다. 넉넉한 형편은 아닌 듯한데 그 밝은 미소에 행여 그늘이 질까봐 두려웠다. 공사가 마무리되어가자 차츰 그 미소의 주인공을 대하지 못하는 날이 많아져 갔다. 그런 아침은 왠지 허전하고 쓸쓸했다.

미국 사람들처럼 인사를 잘하는 이들이 또 있을까. 삼십여 년 전 일이다. 우연하게 미국의 동서부를 돌아볼 기회가 있었다. 관광지나 쇼핑몰, 주택가 어디서고 그들이 "하이!" 하며 웃어주는데 어떻게 인사를 받아야 할지 당황스러워 꾸벅하고 고개를 숙이곤 얼굴까지 빨개졌었다. 관광이 허용되지 않던 시절이긴 했지만, 흔치 않은 동양인이 신기해서도 아니고 내 인상이 좋아 보여서도 아니었을 것이다. 그것은 그들의 습관된 생활이었고 문화였다. 공연히 기분이 좋고 하루가 즐거웠다.

나도 서울에 돌아가면 그들처럼 먼저 웃으며 인사를 하리라고 마음으로 다짐했다. 무언가 한 가지라도 배워가고 싶었다. 거대한 자연이나 풍요로운 세상이 부럽고 주눅이 들기도 했지만, 정작 부러웠던 것은 사랑과 미소가 넘치는 밝은 사회였다.

뿌리 깊은 관습 때문이었을까, 아는 사람이 아니면 미소를 지을 수가 없었다. 무표정하고 근엄하게 지나가는 사람을 보고 여자가 먼저 웃는다면 공연히 오해를 살 것만 같아 그런 용기도 내볼 수 없었다. 실천에 옮겨 보자던 자신과의 약속도 시간이 지나면서 점차 희미해지면서 다시 예전의 모습으로 돌아갔다.

그러던 어느 날 전철에서였다. 젊은 남자가 밝게 웃으며 인사를 건네왔다. 나도 따라 크게 웃었다. 이 사람도 전날의 나처럼 웃음을 생활화해 보려는구나 생각하니 기분이 좋았다. 그런데 어찌된 일인지 합정역에서 시청역을 지나도록 그는 입을 다물 줄 몰랐다. 그는 정서 장애자였던 것이다.

이제 서울은 세계적인 도시로 변모했고, 세상도 많이 달라졌다. 젊은이들은 서구의 문화를 받아들여 거리나 공공장소에서도 솔직한 애정 표현에 부끄러움을 모른다. 그러나 아직도 친절하게 웃어 주는 사람을 만나기는 쉽지 않다. 좁은 땅의 조밀한 인구 밀도, 경제적인 어려움과 혼란 속에서 웃고만 살 수 없겠지만 진정한 선진국이 되려면 그래도 좋은 문화부터 배워야 하지 않을까. 불만으로 가득 찬 얼굴은 한기마저 느껴진다.

언젠가 외국인 학교의 교사가 된 친구의 딸이 첫 출근을 하고 들려 준 말이다. 하교(下校)하기 전에 선생님이 "빅 스마일!" 하면 모두가 입을 귀밑까지 벌리고 웃는다고 했다. 웃는 것을 생활화시키기 위한 교육인 것이다.

얼마 후 나는 살던 곳에서 이사를 했지만, 지금도 그 집 앞을 지날 때면 습관처럼 한참을 서서 바라본다. 아래층에는 가게 대신 창고로 임대를 주었는지 기계 부품들이 가득 차 있고, 위층은 모두 커튼이 드리워졌다. 미소를 잘 짓던 그 여인이 어느 층에 살고 있는지는 모른다. 그러나 한 가지는 알 것 같다. 이제 그의 미소는 저 건물 안에서 무수한 사랑과 화목의 열매로 뿌리를 내리고 가까운 이웃들은 그가 짓는 웃음으로 사는 법을 배우고 있으리라고.

운동을 나서는 새벽길, 오늘도 그 여인의 미소가 그립다. 화창한 봄날 같던 그 환한 미소가.

(2000.)

지금 제 기분 모르실 거예요

맑고 고은 선율이 가슴을 파고든다. 새벽은 안개 속에 푸른 휘장을 휘두르며 치닫고 있지만, 시간이 멈춘 듯 사위(四圍)는 적막하다. 12월의 막바지답지 않은 포근한 날씨에 안개비가 창문마다 여기저기 무늬를 그린다.

사진처럼 날 멈추고파.
살아가는 동안 함께 했던 사람들, 모두 다 지워도 사랑했던 향기만은 남아,
의미 없는 기다림 속에 언제까지 헤매일지 몰라.

나직하게 들리는 멜로디가 눈물샘을 자극하는지 자꾸만 물기가 고여 온다.

지난 크리스마스 저녁, 아직은 비매품으로 선을 보인 CD로 자축의 시간을 가졌다. 둘째며느리가 만든 치즈케이크에 따끈한 차 한 잔을 마주한 우리 가족은 모두 가벼운 흥분에 빠져 있었다. 「8월의 크리스마스」는 셋째아들의 두 번째 작품이다. 「사진처럼」이란 테마곡이 장중한 오케스트라로 연주됐다. 아들의 작곡이라는 후한 점수 탓인지 몰라도 진한 감동으로 가슴이 벅찼다.

국가의 부도 위기라는 엄청난 소용돌이 속에서도 이 음반만 틀어 놓으면 IMF의 한파도 잊은 채 한 마리 새가 되어 허공을 난다. 그리고 외치고 싶다. "이 음악 들어보세요. 제 아들의 곡입니다"라고. 자식 앞에 어미는 어쩔 수 없는 팔불출인 모양이다.

나의 호들갑에는 그만한 이유가 있다. 그는 음악을 전공하지 않았으며 예술가도 아니다. 근세철학을 전공한 아직은 교수 지망생인 강사다. 두 대학에서 철학을 강의하며 틈틈이 음악이 좋아 라디오에서 재즈 해설을 한다. 라이프니츠에 심취했고, 마르코스나 니체철학의 현대적 조명에 대해 글을 쓰면 철학 강사로 소개되고, 퓨전(Fusion) 재즈에 대해서 글을 쓸 때는 재즈 평론가나 영화 음악가로 둔갑한다. 학문과 음악에 대한 그 많은 열정을 어디에 감추고 있는지 모르겠다.

학창 시절, 그의 귀가 시간은 언제나 12시가 가까웠다. 졸린 눈을 비비며 기다리다가는 화가 치밀었다. 대학 시절에는 그룹사운드에서 연주를 했고, 대학원 시절에는 음악 이론을 배운다고 바빴다. 늘 친구들이 몰려왔고 전화통은 불이 났다. 어느 해 생일날은 30명이 넘는 친구들이 집으로 찾아온 적도 있다. 철학을 공부하는 사람이니까, 이해를 하다가도 보수적인 부모의 잣대로는 걱정스럽기만 했다. 그 모든 섭렵과 체험, 음악에 대한 열정이 오늘을 있게 할 줄을 누가 알았을까.

박사 과정을 밟으면서부터 시작한 강사직으로 늘 시간에 쫓기면서도, 그의 음악생활은 계속되었다. 음악과 철학은 일맥상통한다는 그는 예정대로 내년 봄 박사 학위를 취득한다. 강의 준비하랴 학기말 채점하랴 바쁜 중에서도 긴긴 밤을 밝히며 오선지와 씨름을 했을 모습이 떠올라 가슴이 아리다.

며칠 전, 저녁이나 같이 하려고 셋째 아들의 집에 들렀다. 편집이 덜 된 화면에 작곡한 음악을 연결해 들려주던 아들이 대견했다. 사랑과 죽음을 모티브로 한 작품에서 시한부 인생을 사는 주인공(한석규 분)의 따스한 사랑과 미소가 죽음이라는 무거운 소재를 잊게 했으며, 마치 이웃의 착한 청년을 보듯 정겨웠다. 지금 그때의 그 미소가 오버랩 되어 가슴이 뭉클하다. 구정 개봉인 이 영화가 어떤 반응을 얻을지 미지수다. 눈물을 강요하기보다 스스로 생각하게 하는 영화, 다만 흥행의 마술사란 주인공들과 시대의 흐름이 일치한다니 기대해 본다. 영화 음악이 수작(秀作)이라 해도 영화가 성공을 해야만 빛이 난다. 일 년에 한두 번쯤 영화관에 가는 내가 개봉 날을 기다리며 하루 해를 보낸다. 받은 돈을 다시 투자해 가며 생음악으로 연주해야 직성이 풀리는 아들의 이재에 밝지 못한 성격은 어미를 닮았나 보다. 그러나 자신의 일에 최선을 다해서 얻는 기쁨이 어찌 돈과 바꿀 수 있겠는가. 각기 다른 개성의 4남매를 키운 보람이 오늘 따라 흡족하기만 하다.

한나절이 기울더니 다시 비가 오려는지 어둠이 덮여 온다. 올해 따라 추위도 눈도 아직 없다. 에너지 절약에 호응하는 자연의 섭리일까. 헐벗은 나무에도 새싹이 움틀 듯 물기가 돈다.

둔중한 드럼 소리를 깔고, 살며시 떨리는 다림의 왈츠에 기본 음조가 바이올린 소리에 얹혀 감미롭게 흐른다. 나도 모르게 3박자에 맞춰 춤을 추듯 몸을 흔든다. 그리고 나 혼자 속삭인다. '지금 제 기분 모르실 거에요'라고

(1997.)

봉사의 기쁨

　금년 가을은 소나기처럼 지나갔다. 은행잎의 간절한 모습에도 가을의 정취를 느끼지 못했고, 겨울의 길목에서 찾아들던 외로움도 모른 채 여름 같은 열정으로 보냈다. 이 모두가 봉사가 가르쳐 준 기쁨 때문이었으리라.

　우리 봉사단체에서는 연말이면 '불우이웃 돕기' 행사를 갖는다. 바자회를 열어 기금을 마련하기도 하지만 회원이자 유명가수의 디너쇼로 대신하는 경우도 있다. 그런데 금년에는 '회원의 밤'으로 그 명칭을 바꾸고 바자회와 함께 서툰 모습이나마 각 클럽회원들의 장끼로 꾸며보자고 결정을 내렸다. 아직도 내 옷이 아닌 것처럼 버겁기만 한 차기총재의 책임은 더욱 나를 부담스럽게 했다. 고심하는 내게 우리 서교클럽 회원들이 연극이라도 준비하겠다며 용기를 주었다.

시작은 어려웠다. 회원 모두가 참여하는 것을 원칙으로 했으나 회원들이 모여 연습을 할 장소도, 전원이 시간을 맞추는 일도 힘들기만 했다. 그러나 뜻이 있는 곳에는 길은 있었다. K 회원이 매주 월요일마다 자신의 웨딩홀을 빌려 주었고, 음료와 간식까지 준비해 주는 배려에 감사하며 연습은 시작되었다.

무대에 올릴 작품은 「최진사댁 셋째 딸」로 정해졌고, 그 경쾌한 리듬에 맞춰 율동을 하면서 우리는 까맣게 잊었던 학창 시절로 돌아갔다. 노년의 아픈 다리도, 산재한 일거리도, 삶의 분심도 노래에 실어 날려보냈다. 연출을 맡은 L회원은 자신의 사업도 접어두고 열중하는 터에 결석은 엄두도 내지 못했다. 그의 멋진 춤과 끼에 넋을 잃어가며 차츰 모양새를 갖추어 갔다.

월요일은 눈 깜짝할 사이에 돌아오고 협회일도 바빴지만, 회원들의 열성에 참석치 않을 수가 없었다. 빌려온 의상과 짚신, 갖가지 집기들, 수없이 남장여인은 배출되고 최진사의 수염과 갓은 양반에 권위로 위풍당당하다. 최진사의 세 딸들, 그리고 칠복이, 먹쇠와 밤쇠, 타임머신을 타고 1950년대로 돌아간 우리는 모두가 농촌의 아낙이고 남정네였다. 곰보도 있고 깨박사도 있고 서로 바라보며 배를 잡고 웃었다. 이 행사로 지출되는 경비에 나는 이렇게 말했다.

"열심히 해서 대상을 타보자, 전 회원이 출연하는 연극이니 최다수 참석상도 우리의 것이다. 부족한 부분은 크리스마스 장식품을 만들어 기금을 마련하자"

연습이 끝나면 냉면이나 우거지탕 뿐인 긴축 살림에도 아침부터 먼 길을 달려온 회원들은 불평대신 웃음꽃만 피워낸다. 꽃꽂이 회원들은 밤늦도록 크리스마스 장식품을 만들고 도와주지 못하는 회원들은 음료와 간식을 사 날랐다. 진한 우정과 사랑으로 귀는 열리고 가슴은 뜨거워진다. 열중하는 삶처럼 아름다운 모습은 없을 것이며, 자신을 송두리째 바쳐 땀을 쏟는 일이야말로 삶을 가장 아름답게 가꾸는 일이 아닐까.

모두의 노력은 헛되지 않았다. 행사장인 조선호텔 그랜드볼룸은 수많은 인파로 초만원을 이루고, 우리들이 만든 코사지(corsage)와 작품들은 날개 돋친 듯 팔려 나갔다. 뿐인가, 회원들의 연극으로 장래는 웃음바다가 되고 대상과 최다수 참석상도 우리의 몫이었다. 신입회원과의 거리감도 좁혀졌으며 기존 회원들의 단합된 모습을 보여줄 수 있었던 것 또한 흡족했다.

15년 전 어느 날, 내 집 내 가족에서 봉사의 영역을 넓히고 이웃과 더불어 사는 지혜를 배우고자 뜻을 합한 우리들, 이룰 수 없는 꿈은 꾸지도 않았으며 매스컴을 떠들썩케 하는 영광도 원치 않았다. 그저 외롭고 소외된 이들을 위해 작은 정성을 베풀며 이어온 오늘이다. 누군가를 위해 나눔의 삶을 산다는 것이 얼마나 가슴 뜨거운 일인가를 깨우쳐온 시간들, 생소하던 봉사라는 단어가 조금씩 생활화 되어갔다.

겨울이 가고오길 몇 번인가. 통합병원 5층 계단을 한 걸음에 오르던 젊음에서 한두 번을 쉬면서도 숨이 턱에 차는 초노의 나이다. 전날의 애잔하고 곱던 모습은 사라졌지만 서로를 닮아가는 모습이 여기 있다. 우리가 접어온 거즈는 수술한 장병들의 환부를 덮어주고, 수없이 감아 올린 실타래는 얼마나 많은 환자들의 고통을 꿰맸을까, 초겨울이면 산같이 쌓였던 배추 속을 넣고 한동안 허리를 펴지 못했던 일이나, 중환자 병동을 돌며 눈물 훔치던 지난날의 소중한 기억들…

뿌리마저 뽑힐 뜻 한 위기도 있었으며 모진 비바람에 흔들리기도 했지만, 겨울이 가면 또 다시 봄이 온다는 신념 하나로 지켜온 오늘이다. 금년 행사에서 보여준 회원들의 멋진 연극도 오랜 세월 다져온 우정과 서로를 배려하는 마음이 없었다면 이룰 수 없는 결과였다.

썰물처럼 빠져나간 그랜드볼룸, 휘황한 불빛아래 송골송골 이마에 맺힌 땀방울이 이슬처럼 영롱하다. 10년은 젊어진 듯 상기된 얼굴은 피곤보다 기쁨으로 충만하다. 책임을 다한 보람 때문이리라. 바쁜 일손으로 못다 나눈 이야기나 못다 푼 눈길일랑 서둘지 말자. 두고두고 천천히 풀어가자.

병자년의 끝자락에서, 멋지게 행사를 마감하고 소외된 이웃을 도울 수 있었던 것은 회원들의 희생으로 점철된 빛나는 봉사정신이었다. 이렇게 든든한 회원들이 있는데 총재의 책임인들 무엇이 두려우랴.

겨울밤은 정지된 듯 축복처럼 고요하다.

(1996.)

소나무 예찬

소나무를 바라본다.

무표정해 보이기는 해도 볼수록 정이 들어간다. 어스름한 새벽 안개 속에 깨어나는 모습은 한 폭의 수묵화고, 달빛 고즈넉한 정적에 묻힌 모습 또한 그러하다. 소나무는 기품과 서기 (瑞氣)를 지녔다. 여름 한낮의 기온이 30도를 넘는 무더위에, 세상에 존재한 모든 사물이 파김치처럼 후줄근해도 소나무만은 푸른 침을 꼿꼿이 세우고 하늘을 향해 굽힐 줄 모른다.

휘어질 듯 휘영청 솟아오른 가지는 하늘에 크고 작은 파란 우산들을 펴고 유유자적하고, 대문을 향해 늘어진 가지는 제 몸을 틀어서 커다란 그늘을 만들어 준다. 키 작은 소나무들도 다홍 고추를 말릴 만한 맷방석 한두 개쯤의 그늘을 만든다. 나무 둥치의 검붉은 표피는 거북이 잔등 같고 때로는 구렁이가 감아오르듯 섬뜩해 보이지만 고독과 인내의 품격이 배어 있다. 계절의 변화도 모른 채, 온갖 새들의 놀이터가 되어도 탓할 줄 모르는 너그러움이야말로 강자가 지니는 덕성이 아닐까. 이렇듯 나무 중 귀골이면서도 오만한 기색이 없다.

설악의 만추, 오색 물감을 풀어놓은 듯 황홀한 빛깔 속에 독야청청 푸르던 소나무, 백운동 자락, 영비봉 기슭에 안향의 소수서원과, 우암 송시열 서원, 송림 수려한 계곡의 정적은 인간이 범할 수 없는 정기와 빼어난 인품이 교감한 자취마저 느끼게 했다.

예로부터 자연과 교감하며 살아온 인디언들도 기운이 딸리면 숲속으로 들어가 양팔을 벌린 채 소나무에 등을 대고 그 기운을 받아들였다고 하지 않는가.

상록 교목인 소나무는 북반구에 백여 종이 분포되어 있으며, 한눈에 두 잎씩 모여 나는 암수 한 그루며 꽃은 단성화로 5월에 핀다. 자세히 들여다보면 수꽃 이삭은 긴 타원형의 누른빛이며 암꽃은 달걀 모양의 자줏빛이 돈다. 꽃가루와 송진은 식용이나 공업용으로 쓰이며, 솔잎 추출액으로 만든 음료 또한 다양하다. 서구 입맛에 길들여져 가면서도 자연식품에 대한 동경은 우리의 본능인지도 모른다.

추석 한가위, 갖가지 문양을 넣어 만든 노란 송화 다식, 햅쌀로 빚어 솔잎을 깔고 찐 송편, 구절판에 담긴 솔잎에 낀 잣은 전통적인 우리의 다과상이다. 조상들의 격조 높은 음식 문화의 안목을 헤아릴 수 있다.

계절따라 새 옷으로 단장하는 활엽수가 계절의 표상이며, 풍요롭게 익어가는 열매는 가을의 정취를 더해 주지만, 적지 않은 일거리도 만들어 준다. 그러나 소나무는 사람을 귀찮게 할 줄도 모르며 묵묵히 집념의 화신인 양 선정의 자세로 자리를 지킬 뿐이다.

가끔 우리 집의 위치를 설명해야 할 때 "동화은행에서 왼쪽으로 내려서면 좌측은 어린이 놀이터가 있고 우측 소나무가 많은 빌라입니다." 하고는 소나무를 특징으로 설명할 수 있는 내 집, 가끔은 우리만이 공유하며 살던 지난날이 그립기도 하지만, 아직 여기에 살고 있음에 감사한다.

말복이 지났으니 가을도 문턱이다. 가는 여름이 안타까워서인지 매미와 쓰르라미 소리가 극성이다. 저녁 나절 소나기로 수액을 얻은 나무들은 싱그럽게 살아나고 초록빛 우산은 더욱 푸르다. 일상에 떠밀리는 바쁜 가운데에서도 소나무를 바라보는 시간은 늘어간다. 이렇게 철따라 피는 꽃과 수목이 없다면 세상은 얼마나 삭막할까.

서쪽 하늘을 붉게 물들였던 노을이 스러지자 소나무가 비상하듯 뭉게뭉게 피어오른다. 오늘도 소나무를 바라본다. 무심과 여유를 닮기 위해 오래오래 바라본다. 이양하의 「나무」라는 글이 머리를 스친다.

"나무는 훌륭한 견인주의자요 고독의 철인이요, 안분지족의 현인이다."

(1995.)

가을 단상

가을 여행

시월도 마지막, 어깨에 살포시 얹힌 가을볕이 정겹다. 은행잎의 간절한 모습에도 만추의 서글픔은 배어 있지 않고, 따사로운 햇살에는 춘곤(春困) 같은 노곤함도 없다. 늦가을 하오의 정취가 연인들의 밀어처럼 쌓여간다.

해는 정수리를 비낀 지 한참이나, 가을의 호사를 더 누리고 싶어 초인종을 누르지 않은 채 대문을 지나친다. 나무들은 열매를 맺어 핏줄을 되돌리기도 하고, 제각기 다른 색깔로 자신의 모습을 뽐낸다. 저토록 화려하게 마지막을 장식하려는 연유는 무엇일까. 슬픈 자축일까, 내일의 약속일까.

화려한 단풍 빛깔에 괜스레 내 마음도 덩달아 술렁인다. 정

다운 사랑의 말 한 마디가 그립고, 그 한 마디에 취해 어디론
가 훌쩍 가을 여행을 떠나고 싶어진다. 정성들여 지은 옷 훌훌
털고 빈 몸으로 들녘을 지키는 나무들처럼 진솔하게 자신을
바라보며 떠나고 싶다.

놀이터 벤치에 앉는다. 공들여 가꾼 화단이 개구쟁이 발길
에 몸살을 앓는다. 생장을 중단한 후박잎이 길지 않은 초록의
한 생애를 담고 도르르 말려 옹기종기 회한의 정을 나누고 있
다. 잎사귀에 스치는 바람이 오동잎에 구르는 여름 소나기처
럼 요란하다. 바람이 찬 것을 보니 가을의 짧은 해도 어느새
서산을 넘는가 보다. 외롭게 떨고 있는 저 가녀린 코스모스,
감국의 짙은 향, 그들은 봄날의 아지랑이와 종달새의 노래는
모르고 살았지만, 찬 달빛을 닮아 저토록 기품을 지녔는가 보
다.

우수수 낙엽이 떨어진다. 곱게만 보이던 잎들도 가까이 보
니 얼룩지고 상처투성이가 많다. 한 해를 살다가는 인생이라
고 어디 기쁨뿐이겠는가. 갈등과 서글픔을 삭이고 자신을 태
워 물들이는 것이 낙엽의 빛깔인지도 모른다. 척박한 땅, 소외
되고 그늘진 공해 속에서 어찌 곱게만 물들 수 있을까. 삶의
노정에 따라 빛깔도 다를 것이다.

내가 만약 잎사귀라면 어떤 색깔로 물들 것인가. 내 삶의 빛
깔을 가늠해 본다.

가을 편지

"가을엔 편지를 쓰겠어요, 누구에게라도…."

누가 언제 부른 노래인지는 몰라도 입가에서 맴을 돈다. 깊어가는 가을, 곰삭으며 익어가는 만추다. 한 번쯤은 시인이 되기도 하고, 한 번쯤은 수신인 없는 편지를 부치고도 싶어진다.

며칠 전, 철 이른 바람이 몰고 온 은행잎으로 국회의사당 앞길은 금빛 축제가 열렸다. 거리에도, 달리는 차에도, 연인들의 어깨에도 노란 나비들이 춤을 추고 있었다. 이렇게 아름다운 가을을 몇 번이나 접할 수 있을까. 미련없이 털어내고 있는 나무들에게는 새봄이 예비되어 있지만 우리의 삶은 예행 연습도 없어 후회만 남기게 되는 것일까.

금년 가을은 가슴앓이가 심하다. 딸을 출가해 내보낸 첫번째 가을이고, 건강하던 친구가 뜻밖의 병명으로 진단을 받은 가을이기도 하기 때문이다. 젊은 날의 고독은 순간이었고 치유도 빨랐지만, 지금은 다르다. 앙금처럼 나이 속에 고여 온다. 얼마나 확신 없이 살았으면 자신의 모습이 아직도 서툴게만 느껴질까.

차 한 대가 지나가니 노란 잎들이 일제히 일어서서 원을 그리며 뒤를 쫓다가는 흩어진다. 어디로 가는 것일까. 세월은 물처럼 흐르는 것이 아니라 소나기처럼 왔다 가는 것인가 보다.

가슴앓이를 끝내고 어서 일상으로 돌아가야지. 동김치나 갓김치를 담그며 겨울을 준비해야겠다. 몸은 늙어가는데 대책 없이 마음만은 왜 늙을 줄 모른단 말인가.

딸애가 혼자보다 둘이 된 기쁨을 만끽하는 멋진 가을이 되기를 바라며, 건강을 회복한 친구가 가을 여행을 떠나자고 조르기를 고대한다.

우선 가을 편지를 써야겠다. 누구에게라도 상관없다. 간절한 마음을 담아 낙엽과 함께 보내리라. 제법 묵직한 편지가 될 것 같다.

(1994.)

손자와 데이트

신호음에 이어 내 목소리가 들리자, 대뜸 "할머니!" 하고 부르는 형준이의 음성에 반가움이 역력하다. 할미를 반기는 손자의 마음이 귓전으로 전해지자 감기 기운에 개운치 않던 머리가 갑자기 맑아지는 느낌이다.

형준이는 큰아들의 막내다. 여러 손자들 중, 유일하게 태어나서 6년을 함께 살았던 손자다. 같이 지내야 정도 도타워진다더니 아직 어리기도 하지만 할미에게 제일 살갑게 군다.

주말에 가족들이 모였다 헤어질 때면 언제나 "나 할머니 집에서 자고 가면 안 돼?" 하고 엄마에게 묻는 것은 형준이다. 초등학생이 된 요즘에는 공부할 게 많아 여지없이 어미 손에 끌려가면서도 그 말을 잊지 않는다. 물론 나는 안다 그가 할아버지나 할미가 좋아서라기보다는 공부하랄 사람도 없고, 만화 영화나 인터넷 게임도 마음놓고 할 수 있기 때문이라는 것을 잘 알면서도 나는 그 말을 그냥 할미가 좋아서라고 믿고 좋아한다.

재작년 봄이던가, 그 날도 형준이는 우리와 함께 갔다. 일요일에 남편은 결혼식이 있어 나가고, 무슨 놀이로 하루를 즐겁게 보낼까 궁리를 하다가 문득 친구들과 강화행 버스를 탔던 기억을 생각해 냈다. 시외버스였지만 좌석도 넓고 쾌적해서 관광을 나선 기분이 들었다. 산등성이마다 울긋불긋 피어난 꽃들은 「나의 살던 고향」의 노랫말이 절로 튀어나올 것만 같았다. 그래 거기다, 오늘은 형준이와 봄나들이를 해보자.

성당에 다녀와 햄버거로 간단히 점심을 하고 음료수와 약간의 간식을 사들고 서둘러 버스터미널로 향했다. 마치 데이트를 하러 나서는 기분이었다. 시발점이라 그런지 버스 안은 여전히 조용하고 쾌적했다.

그때보다 조금 짙어진 녹음 속으로 산벚꽃이 구름처럼 화사했다. 늘어진 수양버들 사이로 하늘은 높고 푸르며 도로 옆으로 무리지어 피어난 철쭉들은 오색의 폭죽이 터진 듯 눈부셨다.

한동안 말없이 창 밖을 바라보던 형준이가 느닷없이 "할머니, 참 아름답지요?" 한다. 하도 어른스러운 말에 나는 손자가 아닌 다른 사람의 말로 착각할 지경이었다. 어린 손자와 나들이를 하는 게 아니라 대화가 통하는 연인과의 데이트인 양 가슴까지 뛰어왔다. 어떻게 어린것이 그런 표현을 할 수 있을까, 빠르게 변해가는 세상에서 보고 듣는 것이 많아 감성도 조숙해지는 것일까. 창 밖을 바라보는 손자의 시원한 눈매가 하늘처럼 맑았다. "그래, 그 고운 눈으로는 아름다운 것만 보며 자라거라." 혼자 중얼거리다가 언젠가 셋째아들의 맏이인 여준이가 나를 보고 '애기할머니'라고 하던 말이 생각나 피식 웃음이 나왔다.

지난해 봄, 전주에서 국제영화제와 아울러 풍남제가 열렸었다. 그때 내 손을 잡고 걷던 여준이가 갑자기 "우리 할머니는 애기 할머니야"라고 말했다. "왜?" 하고 묻자 "저 할머니들은 주름이 많으니까 진짜 할머니고, 외할머니는 머리가 하야니까 중할머니고 우리 할머니는 머리도 까맣고 주름살이 없으니까 애기 할머니잖아요" 한다. 비록 어린 손자의 눈에라도 젊게 보였다는 것이 듣기 좋았었다. 여준이야 할미가 염색을 한 줄 모를 터이니 그렇게 보였는지도 모른다. 하여간 그때 여준이의 엉뚱한 표현이 재미있어 한참을 웃었는데, 오늘은 형준이의 어른스런 말에 버스를 타고 오는 내내 피곤한 줄을 몰랐다.

이제 형준이는 이미 초등학생이 되었고, 여준이는 내년이면 초등학교에 들어간다. 공부하랴, 학원에 가랴, 피아노 치랴, 바쁘기도 하지만 이제는 할미보다 친구가 더 좋은 나이가 아닌

가. "할머니네 집에서 자고 가면 안 돼?" 라는 말도 차츰 줄어간다. 그런데 오늘 느닷없는 형준이의 반가운 음성에 불현듯 지난 봄날에 주고 받았던 손자와의 대화가 다시 귓전에서 맴을 돈다.

봄이 무르익어 가고 있다. 그때처럼 활짝 피어난 철쭉이 창가에서 "참 아름답지요?" 하고 손사래를 친다.

(2005.)

민들레의 천국

조용히 가라앉은 중세의 고도 상트 페테르부르크의 봄은 민들레와 함께 오는가 보다. 동란과 혁명, 전쟁의 어둡고 화려한 역사를 지닌 채 네바강 수면에 노랗게 떠 있는 민들레의 천국이다. 강한 생명력을 뽐내면서 자작나무 숲 그늘이나 광활한 초원, 궁전 후원에도 세상 만난 듯 피어 하얀 풀씨를 바람에 날리는 모습이 왜 이토록 쓸쓸해 보이는지 모르겠다.

핀란드만을 향해 흐르는 델타 지대에 형성된 도시, '비실리예프스키'에 여장을 풀었다. 오월 말부터 시작한 백야 현상은 밤 10시가 되어도 태양을 마주하는 지구의 또 다른 모습이 경이롭지만, 15층에서 내려다본 도시는 낮과 같이 밝은데도 적막하기만 하다.

1천 평방km의 면적에 인구는 4백 50만이며, 네바강의 분류

지류 운하까지 포함해서 65개의 강이 흐르고 1백여 개의 섬은 365개의 다리로 연결된 도시다. 러시아의 목가적인 풍경 속에 홀연히 나타나는 궁전의 황금빛 돔 지붕은 요술 나라에 온 것 같은 착각에 빠지게 하고, 제정 시대의 궁전들은 주위의 건물과 강과 운하로 하모니를 이루고 있지만, 생동감이 없고 죽은 도시처럼 폐쇄된 느낌이다.

사회주의가 낳은 산물일까, 백년도 채 안된 사이에 제정 러시아 시대와 공산주의, 최근엔 개방과 개혁의 시대로 세 번이나 사회제도가 바뀌는 과도기에 있지만, 고르바초프가 시인했듯 공산주의는 실패작인 것 같다.

표트르 대제가 로마노프 왕조를 이곳에 옮기면서 현대적 발전을 도모했으며, 19세기 톨스토이와 함께 러시아 문단의 쌍벽을 이룬 푸쉬킨이 "유럽을 향해 열린 창"이라고 말한 바와 같이 유럽의 문화와 사상을 받아 들여 역사를 뒤바꾼 볼세비키 혁명의 발상지로 유명한 곳이다.

서유럽 문화의 개화기에도 정치 사상은 인민주의로 향해서 1861년 농노제도는 폐지되었으나, 1917년 2월 혁명과 결정적으로 제정 붕괴를 실현시킨 10월 혁명은 레닌을 지도자로 하는 세계 최초의 사회주의 소비에트 정권이 탄생되었던 것이다. 이러한 파란만장한 역사를 지닌 도시이지만, 정돈된 거리는 문학과 예술의 도시였음을 말해준다.

메인 스트리트인 네프스키 대로에는 3개의 운하가 교차되어 그림 같고, 19세기 바로크 양식의 건축물은 천장이 없는 미술관과 같다. 격동의 시대를 지키며 애환을 간직한 우람한 보리수 나무와, 정교한 조각의 가로등은 웅대한 대지가 지닌 낭만과 향수가 배어 있다.

처음 건너게 되는 모이카강 모퉁이에는 제정 페테르부르크 시대의 작가들이 모였던 카페가 인상적이다. 흘러간 세월 속에 지금은 황폐하지만, 빛나던 영혼이 교감한 거리, 톨스토이나 도스토예프스키 작품에도 자주 등장했던 거리를 걸으며 노스탤지어에 젖는다.

민들레의 천국으로 변해가는 도시는 고전 양식의 건축과 운하가 만들어 내는 거리의 아름다움만은 아니다. 러시아가 세계에 자랑하는 '에르미타주' 국립미술관과 여황제의 거처였던 겨울 궁전과 여름 궁전은 장관이다. 네 개의 궁전이 통로로 연결되어 1천5백 개의 전시실을 가지고 있으며 파리의 루브르 박물관이나 영국의 대영박물관과 함께 세계 삼대 박물관 중 하나로 화려함은 으뜸이다. 남편을 물리치고 황제에 오른 표트르 대제의 손자며느리인 에카데리나 2세가 통치했던 33년간의 긴 세월, 권력과 투쟁 속에서도 여왕의 화려한 생활을 엿볼 수 있다. 부귀영화를 누리기 위한, 왕가의 세력 다툼과 권모술수는 동서양이 다를 바 없는 모양인지, 흘러간 조선 5백년사의 단면들이 머릿속을 부유하다 사라지곤 한다. 푸쉬킨의 서정시에 나오는 눈물의 분수에서 떨어지는 물방울 소리가 지난날의 영화를 아쉬워하듯 애처롭다. 중세의 세계적인 걸작들과 20세기 프랑스의 인상파 화가 모네와 피사로, 르노아르의 서정적인 비경에 붙잡혀 몇 번이나 일행을 놓칠 뻔했고, 여행자의 넉넉지 못한 일정에 종종걸음을 친 탓인지 모처럼 먹은 한식의 위력에도 배가 고파온다.

삼위일체의 다리를 지나 네바강과 백조 운하, 폰타강에 둘러싸인 여름궁전은 북쪽의 베니스란 말을 그대로 실감게 하지만, 조각과 더불어 장식된 여왕의 정원도 주인 잃은 서글픔인가. 무성한 잡초 속에 키가 큰 민들레의 물결이 파도를 이루고 철 이른 모기떼만 극성이다.

'성 이삭' 성당을 뒤로 하고, 마르크스 광장으로 들어서는데 무심한 봄볕으로 청동의 기마상에 표트르 대제가 달려나올 것만 같고, 여왕의 한맺힌 숨결 소리는 짙은 라일락 향에 실려 들려오는 듯하다.

일행은 네바강을 향해 자리를 잡았다. 하오의 따가운 햇살을 정수리에 꽂고 저마다 깊은 상념에 빠진다. 나는 푸쉬킨의 시 한 구절을 외우려는데 때 아닌 길재(吉再)의 「고려 유신 회고가」가 먼저 튀어나왔다.

오백년 도읍지를 필마로 돌아드니

산천은 의구한데 인걸은 간데없네

어즈버 태평 연월이 꿈이런가 하노라

무심한 네바 강 수면으로 비친 목가적인 풍경은 역사의 소
용돌이도 모른 채 한가롭기만 하다.

한반도의 백배나 되는 대지, 영광과 기품을 간직한 엄청난
유적에도, 사회주의는 무엇을 남긴 것일까. 1950년 6·25 당
시에 한국의 생활상과 다를 바가 없다. 생산성은 낙후되고 식
량은 수입에만 의존하며 과수원도, 농경지도 없는 광활한 초
원에는 민들레뿐이다. 피와 땀으로 거둘, 내 것이라는 개념이
없는 그들에게 넓은 땅덩이인들 무슨 애착이 있을까. 안타까
운 심정에 어제 모스크바에서 씁쓸했던 기억이 되살아난다.

생화 한 송이 없이 삭막했던 특급 호텔 로비, 새로 구입한
화장품 향수를 도난 당한 황당함, 유일한 남자 가이더의 방으
로 애절하게 전화를 걸어왔다는 서글픈 소녀의 이야기, 이해
할 수도, 이해해서도 안 되는 모순이 불균형의 조화로 쉴 사이
없이 나타나는 요술 궁전의 돔 속으로 수수께끼가 되어 사라
진다.

석회질이 많은 시베리아의 토양으로 볼품 없이 자란 과일이
나 채소를 사기 위해 구멍가게 앞에 장사진을 친 주민들의 지

친 표정과 '성 바실리' 사원을 보려고 크렘궁으로 구름같이 모여드는 선글라스의 왁자지껄한 관광객들과는 격세지감을 느끼게 한다.

사상과 이념의 시대로 변화하며 동토에서 잠을 깨고 있지만, 개혁 정책의 후유증인 범죄 조직의 기승과 불안한 치안 문제는 화급한 일이다. 민주화 개혁의 지속이냐, 공산 체제로의 회귀냐로 몸살을 앓는 러시아, 민들레의 천국에서 벗어나, 광활한 대지에는 구름 같은 비닐하우스가 펼쳐지고, 도시는 계절 따라 화려한 새 옷을 갈아입는 활기로 충만하길 기원하며 헬싱키로 떠난다.

어두워질 줄 모르는 들녘에는 지금도 민들레 풀씨만이 뒹굴고 있다.

(1995.)

어제 내린 눈

뒤척이며 잠을 설쳤으면서도 밤사이 성큼 겨울이 왔음을 알지 못했다. 개운치 못한 뻣뻣한 눈으로 커튼을 여는 순간 눈이 부시도록 흰 눈에 아침 햇살이 빛나고 있었다.

'아니 벌써!' 자신도 모르게 가벼운 탄식이 입가로 새어 나왔다. 나무의 형태를 분간하기 어렵도록 소복이 쌓인 눈은 겨울의 시작이 아니라 중턱처럼 보였다.

나는 아직 서둘러 겨울을 맞고 싶지 않았다. 나뭇가지에 실렸던 눈송이가 바람의 무게만큼이나 크게 이동을 하다 흩어진다. 며칠 전 거리에서 바람이 몰고 온 낙엽을 보고 '어제 불어온 바람 탓일 거야, 겨울은 아직 멀었는데…' 하며 자신을 위로한 것이 엊그제인데, 벌써 눈이라니 가슴속에서 '철렁' 하는 소리가 났다.

천지가 하얗게 변해버린 창가에 한동안 멍하니 서 있었다. 같은 눈을 바라보면서도 해를 거듭할수록 다르게 보이는 이 느낌, 앞으로 5년 후, 10년 후에는 어떤 심정으로 저 눈을 바라보게 될까.

어린 시절, 눈이 내린 이른 아침 장독에 쌓인 하얀 눈을 움켜잡아 입에 넣었을 때의 상큼했던 그 감촉과, 벙어리장갑 낀 손을 불며 코끝이 빨개 눈사람을 만들던 기억. 갈래머리 학창 시절엔 눈만 오면 일부러 차를 타지 않고 필운동에서 돈화문을 거쳐 창경원 돌담을 지나 명륜동 집까지 걸으며 무작정 행복해 하던 시절도 있었다. 그 후 철들어 찾은 설악의 장엄한 설경과 일렁이던 바람 소리에 아주 작고 초라해 보였던 인간의 존재, 그리고 유채꽃이 피던 3월초, 제주에서 때아닌 눈으로 일주도로를 장식했던 그 설화, 나뭇가지에 매화처럼 피었던 싸늘한 눈꽃의 향연은 이 나이가 되어도 잊을 수 없는 기억으로 남아 있다.

이렇듯 지난날의 눈은 장엄하고도 아름다운 추억으로 갈무리되어 있는데, 왜 어제 내린 눈만은 인정하고 싶지 않은 몸짓으로 애써 겨울을 부정하고 있는 것일까.

새해 벽두에 자신과 한 약속을 지키지 못한 초조함 때문일까. 과년한 딸을 둔 어미가 세상에 어디 나 하나뿐이던가. 마지막 잎새인 양 겨우 한 장 남은 달력을 붙잡으려고 안간힘을 쓴다 해도 계절은 때가 되면 어김없이 오고가는 것을….

사람은 누구에게나 제 몫의 지닌 고통이 있는 법, 그것은 살아 있는 사람만이 가지는 특권이 아니겠는가. 너무 쉽게 소망을 이룬다면 누가 인생을 고해라고 하겠는가. 갑자기 내린 11월의 눈 때문에 느끼는 불안 또한 욕심일지도 모른다. 곧 우리 곁을 떠나게 될 딸아이와 하루하루를 일 년처럼 살아도 부족한 시간을 공연한 노파심으로 채우고 있는 것은 아닌지 모르겠다.

얼마 전, 학위를 끝내고 교수가 되어 귀국한 아들로 인해 가슴 설레던 감격을 어느새 잊었단 말인가. 삶의 여정에 이처럼 기쁨과 근심이 적절히 안배되어 있는 것은 자만하지 말고 겸손하게 살아가라는 주님의 뜻은 아닐는지.

(1993.)

이 사람을 보면 기분이 좋다

　이 사람을 보면 기분이 좋다. 만면에 가득한 웃음으로 겸손하고 친절하게 손님을 맞는다. 어른에게는 정중하고, 아이들에게는 친구처럼 다정하다. 짧게 깎은 머리에 하늘색 와이셔츠와 감색 타이는 늘 청결하고 나직한 음성이나 꼭 다문 입가에 만들어지는 작은 보조개가 단정하다. 셔틀버스 운전은 생계를 위한 직업일 터인데도 기쁘게 천직으로 받아들이는 그의 태도가 언제나 보는 사람을 편안케 한다.

　학교나 병원 혹은 관광지에서 고객을 나르는 셔틀버스 외에는 이용해 본 적이 없다가 이순을 한참 넘은 나이에 아파트로 옮기면서 누리게 된 호사라고나 할까, 40년 가까이 단독이나 빌라에서만 살다가 뒤늦게 아파트단지 안까지 들어오는 셔틀버스로 장까지 보게 되었으니 늘그막에 신세대의 대열에 끼게 된 셈이다. 게다가 이런 친절한 기사까지 만나고 보니 삭막해 보이던 대단위의 공동생활도 나름대로 합리적인 면이 있는 것 같다.

젊은이들의 옷차림이나 단정치 못한 행동거지에 익숙해 있다가 이 사람을 보면 20년은 거슬러 올라간 시대의 사람을 만난 것 같은 착각에 빠진다. 마치 비 개인 하늘 같은 청량감을 준다. 다람쥐 체바퀴 돌듯 반복되는 일과 극심한 교통 체증에 짜증도 나련만 한결같은 표정에 겸손한 태도가 어찌 한두 사람만의 기쁨일까. 남들이 대수롭지 않게 생각하는 자신의 직업을 이처럼 소중히 여기며 소신껏 당당하게 일하는 모습을 보면 세상이 밝아지는 느낌이 든다. 직업의 귀천이 있을 리 없지만 가끔씩 이 일을 하기에는 아까운 젊은이라는 생각이 들다가도 곧 자신의 얕은 소견을 부끄러워한다.

이 사람을 보면 친구의 말을 떠올리게 된다. 내게도 머지않아 닥칠 일이지만 주위에서 거의 경로 우대를 받았다. 전철표를 받으려고 노인들이 늘어선 줄에 서려면 미안하고 쑥스럽다가도 막상 신경질적으로 내동댕이치는 표를 받을 때는 미안한 마음은커녕 울화가 치민다고 했다. 국민으로서 마땅히 받아야 할 대우인데, 자기 주머니에서 억지로 주는 것 같은 아니꼬운 눈초리를 대할 때의 모멸감이란 불쾌하기 짝이 없다고 한다. 이들의 불친절에서 늙고 소외되어 가는 자신을 새삼 확인하게 된다는 이야기다. 전철 안 또한 마찬가지다. 자리가 없어 손잡이에 매달려 있는 노인을 보고도 눈 딱감고 자는 척하는 젊은이가 있는가 하면, 일어나기 싫어 좌불안석하는 모습은 차마 목불인견이다. 자리를 양보하지 않는다고 나무랐다 해서 노인을 밀어 죽게 한 학생의 어처구니없는 행동도 남을 배려하지 못하는 사회 분위기의 한 단면이다. 우리의 교육 수준이 고작 이것밖에 안 되는가 통탄하다가도 주위에 이런 훌륭한 젊은이가 있음에 위안을 받는다. 질서나 예절은 어려서부터 몸에 익혀주는 교육이 아니면 하루아침에 변화를 기대하기는 어렵다. 얼마 남지 않은 월드컵을 위해서도 민도(民度)를 높이기 위한 친절 교육이 우선 순위로 실행해나가는 인식의 대전환이 시급하다고 본다.

이 모두가 나이 들어 겪게 된 고역이며 대접이다 보니 누구를 탓할 수만은 없는 일이다. 이러한 상황에도 노인의 평균 수명은 남자가 71.7세 여자가 79.2세로 20년 전보다 10년은 늘어났다고 한다. 할 일 없이 늘어만 가는 노인의 증가야말로 심각한 문제가 아닐 수 없다. 나이 들었다는 것이 자랑이 아니듯 대접받기 이전에 우리가 먼저 노인답게 처신할 줄도 알아야 하지 않을까.

며칠 전 일이다. 셔틀버스 안이 소란했다. 주말이라 어린아이들이 부모를 따라 쇼핑을 나온 모양이었다. 날은 더워 불쾌

지수는 높고 좌석은 모자라 아이들이 울며 법석이다. 나는 괜히 조바심이 났다. 이제까지 호감을 가지고 있던 기사의 모습에 흠집이 나면 어쩌나 하는 기우에서였다. 그러나 그에 대한 믿음은 빗나가지 않았다. 여전히 웃음을 띠고 여유 있는 표정으로 아이들을 타이르고 우는 아기에게는 사탕까지 주며 달래는 것이 아닌가. 버스 안은 조용해졌고, 공손하게 안녕히 가시라는 인사를 잊지 않는다. 소중한 선물을 한아름 안고 돌아온 기분이었다.

오늘은 금요일, 내일이면 아이들이 모일 토요일이다. 서로 메뉴를 정해 준비하리라는 것을 모르지 않지만, 나는 오늘도 셔틀버스를 탔다. 며느리의 새로운 메뉴에 기대를 하면서도 어미의 손으로 자랄 때 즐겨 먹던 음식을 만들어 주고 싶어서였다. 온 가족이 식탁에 모여 이야기꽃을 피우며 '이거 정말 맛있다'면서 환하게 웃을 모습을 생각하면 이것저것 넘치게 사들고 오면서도 힘든 줄 모른다. 양손에 가득한 장 가방을 들고 셔틀버스 정류장으로 향한다. 출발 시간이 되었는지 멀리서 예의 그 젊은 기사가 두 손을 모으고 공손히 인사하는 모습이 먼발치로 보인다. 한결같은 표정이 언제나 정겹다. 노인에게는 손을 잡아주며 등에 업힌 어린 아기에게는 윙크를 해주는 여유까지 보인다. 가까이 다가가자 얼른 짐을 받아 버스에 올려놓는다. 버스 안은 쾌적하고 나직하게 들리는 흘러간 팝송이 감미롭다. "잠시 후 철로를 통과합니다. 차가 흔들리니 손잡이를 꼭 잡아주세요" 하는 안내를 받으며 편안한 귀가를 서두른다. 우리 또한 버스에 가득히 사랑을 놓고 내리는지 그가 알기나 하려는지….

뒤늦게 누리게 된 이 작은 행복도 얼마나 갈지 모른다. 대형 백화점에 밀려 소규모의 슈퍼가 지탱하기 어렵고, 대중교통인 마을버스도 타격이 심하다니 도리가 없는 일이 아닌가. 셔틀 버스의 운행이 위헌인지 아닌지 지금 심의 중에 있다니 재판의 결과에 따라 결정될 일이다. 버스의 운행이야 어쩔 수 없는 일이지만 이런 예의바른 사람을 볼 수 없게 될 것이 서운하다. 이 버스를 이용하던 많은 사람들이 그를 그리워하게 되겠지. 피곤한 기색 한 번 없이 친절한 웃음으로 자신의 일에 최선을 다하는 모습이 얼마나 보기 좋은가를, 몸소 실천으로 보여주던 그 젊은이의 모습이 모두의 기억 속에 오래오래 잊혀지지 않을 것이다.

모든 일은 이처럼 작은 것에서부터 시작된다. 그리고 작은 것일수록 몸에 배어야만 실천이 가능한 법이다. 언제나 잃지 않던 젊은이의 환한 웃음을 떠올리자 내 입가에도 웃음이 번진다.

(2000.)

강금숙의 수필세계

李正林

『에세이21』 발행인 겸 편집인, 수필가

1.

남에게 인정을 받는다는 것은, 마음에 씨앗 하나를 얻는 일
과도 같다. 강금숙 씨의 마음속에 글에 대한 씨앗을 심어준 분
은 중학교 시절의 국작 선생님이었다. 그러나 그 씨앗이 움을
트고 잎을 내밀기까지는 꽤 오랜 세월이 걸렸다. 자식들이 하
나 둘 곁을 떠나고 지명(知命)을 넘기고서야 잊고 있었던 그
씨앗이 비로소 흙더미를 헤치고 머리를 들었기 때문이다.

이제 그 씨앗은 싹이 돋고 잎이 자라 더 이상 그 좁은 묘판
에서만 있을 수 없게 되었다. 글이 세상 속으로 나가는 것을
이 작가는 '외출'이라 했다. "낙엽 지는 가을의 외출은 익어가
는 열매처럼 풍요로워서 좋을 것이고, 녹음 속의 외출은 숨어

우는 매미들의 합창에 발맞추어 좋을 것이다. 외출의 시기야 아무런들 무슨 상관이 없지만, 외출을 허락할 날이 오기는 올 것인가."(「외출」)

이제 강금숙 씨의 글이 외출을 한다. "무엇이 내 삶을 지탱하는 근원적인 힘인가를 알기 위해 쓰고 또 썼"(「작가의 말」)던 그 글들이 이제야 첫 나들이를 하는 것이다.

2.

강금숙 씨는 자신의 수필을 이렇게 말한다.

젊음이 지나간 자리, 마음에 파장을 일으키고 간 존재들과의 교감, 기쁨과 슬픔이 가라앉은 자리에는 여운처럼 남는 게 있었다. 거기에 새겨진 다양한 무늬들이 내 수필인지도 모른다.

—「작가의 말」에서

강금숙 씨의 수필에 새겨진 다양한 무늬들에서 남다른 점이 있다면, 그 선이 매우 굵다는 것이다. 여성 작가들에게서 흔히 볼 수 있는 섬세하고도 부드러운 무늬도 있지만, 대담하게 큰 터치로 그려낸 무늬도 적지 않다.

'대담하게 큰 터치'란 작가의 수필세계가 그만큼 넓고도 크다는 것을 뜻한다. 겨울에 나뭇가지에 눈이 내리면 큰 가지는 많이, 잔가지는 적게 눈을 얹고 있듯이, 이 작가가 수용할 수 있는 사유의 세계는 그 폭이 넓고도 선이 굵다.

이 작가의 관심은 결코 울타리 안에서만 안주하려 들지 않는다. 울타리 밖의 세상에도 끊임없이 애정과 관심을 갖지만 그 관심은 결코 경직되게 표현되는 법이 없다. 목소리는 내지만 나직한 목소리로, 수필은 나직한 목소리로 심금을 울리는 문학이라는 것을 잘 알고 있기 때문이다.

중국의 덩샤오핑이 사망했다는 소식을 듣고 "그는 개혁과 개방을 통해 고립된 중국을 국제사회에 강국으로 끌어올린 정신적 지도자였으며, '죽의 장막'을 거두어 중국을 21세기를 선도할 잠재적 강대국으로 변화시킨 지도자였다."(「지도자의 길」) 고 그의 죽음을 아쉬워한다. 그러면서 그는 우리의 지도자를 생각한다.

조석으로 TV 화면을 가득 메운 얼굴들, 전직 대통령에 이어 은행장들과 장관, 국회의원 모두가 한결같은 죄목의 똑같은 얼굴이다. 입가에 흘린 미소는 사내 대장부의 기백을 나타내고 싶은 것인지, 아니면 몸통도 아닌 깃털이 죄가 되면 얼마나 되느냐는 비웃음인지 알수가 없다. 국민을 우롱하는 웃음 대신 침통한 표정이라도 지었으면 민망하지나 않으련만.

　　　　　　　　　　　　　　　　　—「지도자의 길」 중에서

이 글은 이렇게 끝을 맺는다.

우리에게 임기를 끝내고 사저(私邸)로 돌아가는 대통령을 보고 눈물짓는 일은 상상 속에서만 가능한 것일까. 답답한 마음을 봄비가 적셔준다. 굳은 땅이 봄비에 깨어나듯이 푸른 세상을 기다린다.
—(윗글)

수필의 세계는 다양하다. 지극히 개인적이고도 서정적인 글이 있는가 하면, 이렇듯 사회적인 성격을 지닌 글도 있다. 수필에 다양성이 부족한 것은 수필이 갖는 본질적인 한계가 아니라 작가의 역량에 달린 문제일 뿐이다.

서울의 한강철교가 몇 개인지 정확히 아는 사람이 몇이나 될까. 그 중에서 하나가 없어진다 한들 나와 무슨 상관인가. 그러나 이 작가에게만은 결코 남의 일이 아니다.

병자년도 2시간밖에 남지 않았다. 아침 나절부터 한 해를 마감하는 아쉬움인지, 새해를 맞을 설렘인지 분간할 수 없는 묘한 기분이다.

오늘 23시면 당산 철교도 영원으로 사라진다. 만두를 빚으면서도 누가 부르는 것처럼 공연히 마음이 급했다. 외투를 걸치고 밖으로 나섰다.
—「떠나는 당산 철교」 중에서

그는 사라지는 당산철교에 대한 아쉬움으로 송별을 하듯, 혼자 마지막 열차를 타러 나간다. 만두를 빚던 손을 털고

합정역에서 정차하니 폐쇄 30분 전이라는 말을 아무 감정도 없이 되풀이한다. (…) 한동안 서성이다 송별하는 이 없는 쓸쓸한 역사를 뒤로 두고 발길을 옮긴다. 정든 집을 비우는 허전한 마음으로….
역사(歷史)는 이렇게 만들어지고 우리는 또 다른 역사를 위해 끝없이 달려간다.
—(윗글)

작가는 때로 시대의 증인이 되어야 한다. 그리고 글로써 그 역사를 남겨야 한다. 화가가 사라지는 풍물을 화폭에 담듯, 작가는 한 시대를 글로써 남겨야 할 의무가 있다. 그래서 그는 쓰레기 산이었던 난지도가 아름다운 월드컵공원으로 다시 태어난 기적을 자기 개인 일인 양 기뻐하는 것이다.

이러한 강금숙 씨에게도 여느 작가들처럼 서정적인 수필세계가 있다. 많은 여성 수필가들이 어머니에 대하여 소재를 잡는 것과는 다르게 이 작가의 수필에는 아버지에 대한 소재가 많다. 아버지가 젊었을 때 윌리엄 홀덴처럼 멋있었으면 무엇하랴, 또 처칠 회고록을 원어로 읽으셨을 정도로 지식인이었으면 무엇하랴. "지난날의 기억도 삶의 애착도 놓아버린 아버지"(「외로운 노년」)를 바라보아야 하는 딸로서는 그저 눈물겹게

안타까울 뿐이다.

그런데 언제부터인가, 아버지가 변해 가셨습니다. 즐겨 읽으시던 책도, 신문도, 바둑도 다 놓으시고 그저 소파에 앉아 허공만 바라보시는 시간이 늘어갔습니다. 그 절벽 같기도 한 단절감은 저희를 아프게 했고 익숙지 않게 느껴지기도 했습니다. 그런 아버지의 침묵은 흐려져 가는 기억에서 비롯된 체념이자 고독이셨나 봅니다. 그렇게 살아가야 하는 남은 세월을 인정할 수밖에 없었던 아버지의 고통은 외부와의 단절보다 내부의 공허로, 죽음보다 더 깊은 늪 속에 아버지를 잠기게 했던 것은 아니었을까요.

— 「그리운 그 이름 아버지」 중에서

강금숙 씨의 서정적인 수필세계에서 빼놓을 수 없는 것은, 물론 남편과 자녀들에 대한 이야기이다. 결혼기념일에 43송이의 장미 꽃다발을 사들고 올 줄 알게 된 남편도 이제는 연민의 대상일 뿐이고, 세계적으로 유명해진 아들을 보면서도 그의 성공보다 작은 키를 키워주지 못한 것을 더욱 미안해하는 어머니의 마음은 어느 작가에서나 볼 수 있는 공통적인 모성이다.

이 작가에게서 발견한 또 하나의 특징은 그의 수사(修辭)이다. 사회수필을 다루되 글이 건삽해지지 않는 것은 문장의 이 아름다움 때문이다. 그러면서도 글이 미문으로 빠지지 않는 것은 절제와 완급을 알기 때문이다. 여기에 이 작가의 노련미가 있다.

귀뚜라미 소리에 귀를 열며 따가운 가을 햇살에 모과처럼 내 마음도 노랗게 익히고 싶다.(「연민」에서)

유년의 뜰은 푸르고 무성하다. 세월이 지나도 바랠 줄 모르는 영원의 빛깔로 그려진 녹색의 그림이다. (「유년의 뜰」에서)

마지막 잎새를 비벼대며 겨울로 치닫는 나무들처럼 나도 깊숙이 겨울 안으로 들어선다. (「아들의 선물은 요술 상자」에서)

외로운 자유로움보다는 고되고 힘들어도 자식에게 부모만이 전부였던 그 시절이 그립다. 다시 한 번 몸과 마음을 초록으로 물들이고 싶다. (「오산(誤算)」에서)

앙상한 가지에서 굵은 새싹이 툭툭 터지고 수액이 고동치기 시작하면 목련보다 고운 자태로, 라일락보다 진한 향기로 다가서는 잔잔한 미소가 봄을 열어 준다. (「그리움으로 남은 기억」에서)

달무리 같은 그리움이 하나 둘씩 나뭇가지에 걸린다. (「은행나무」에서)

한 줄기 바람 같은 상큼한 언어가 그립다. (「외출」에서)

3.

강금숙 씨는 「책머리에」서 이렇게 말했다. "늦깎기로 시작한 글쓰기, 만약에 못한다고 포기했다면 지금쯤 내가 할 수 있는 일은 과연 무엇이었을까. 도전조차 하지 않은 삶보다는 부끄러운 대로 행복하다."

그리고 또 이렇게 스스로 결론을 내렸다. "오랜 생각 끝에 얻은 분명한 대답 하나, 그것은 내 삶이 비록 성공적이지는 못하지만 늦게나마 글을 쓰며 산다는 것은 축복이라는 결론이다."(「여름날의 단상」 중에서).

조금은 쓸쓸하고 식탁 위에 약봉지는 늘어가도, 이 작가는 지금 행복할 것이다. 수필이 있어 그의 노년은 더욱 "가지치기를 끝낸 정원의 나무들처럼 기품 있고 단정"(「새해에 그리는 그림」에서)할 것이기에.

그의 도전은 정녕 아름다웠다.

강금숙 수필집

외출

1판 1쇄 인쇄 ㅣ 2006년 8월 5일
1판 1쇄 발행 ㅣ 2006년 8월 10일

지은이 ㅣ 강금숙
펴낸이 ㅣ 이선우
펴낸곳 ㅣ 도서출판 선우미디어

등록 / 1997. 8. 7 제2-2416호
100-846 서울 중구 을지로3가 104-10
신성빌딩 403 ☎ 2272-3351, 3352 팩스: 2272-5540
E-mail: sunwoome@hanmail.net
Printed in Korea ⓒ 2006. 강금숙

값 10,000원

ISBN 89-5658-121-5 03810